suncolor

suncolor

白川紺子 著／李彥樺 譯

後宮之烏

1 不宣之祕

suncolor
三采文化

人物設定原案

「難不成朕看起來像個好人？
過去可從沒有人這麼說過。」

夏高峻

霄國即位不久的年輕皇帝，
曾是廢太子。

「一刀兩刃，害人即害己也……
咒殺人者須以命為償，
祝禱者須以財產為償。
若為尋找失物，則因事制宜。」

柳壽雪

現任烏妃，居住於夜明宮中。
會使用神奇法術，孤獨且神祕。

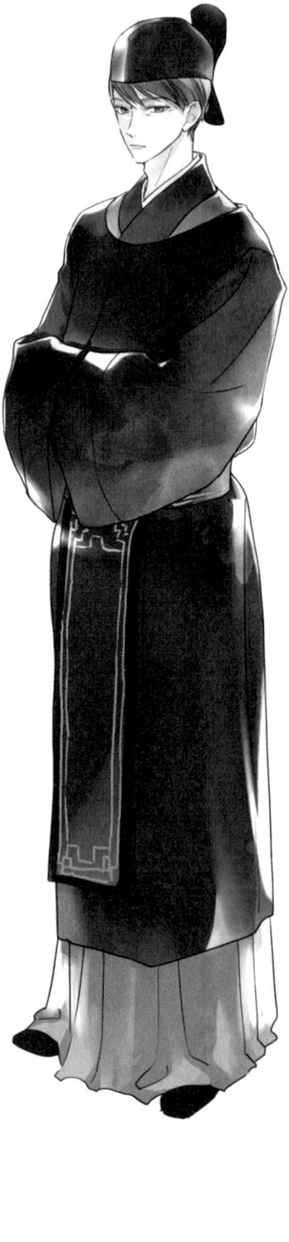

衛青

對高峻絕對忠誠的宦官。

九九

壽雪的侍女。
個性純真，喜歡照顧別人。

星星

擁有金色羽毛的稀世異鳥。
每一代烏妃的後繼人選，
都由牠挑選出來。

目錄

翡翠耳環

深宮之中有一名妃子，眾人皆喚之為「烏妃」。

烏妃是一名地位特殊的妃子，晚上並不陪侍帝王。她深隱在漆黑的殿舍之內，平日絕少外出。看過她真面目的人並不多，有人說她是佝僂老婦，也有人說她是妙齡少女。

關於烏妃的傳聞從未少過。在某些傳聞裡，她是不老不死的仙女；在某些傳聞裡，她是陰氣逼人的幽鬼。據說她能施術法，只要找上了她，不管是要咒殺仇敵，還是招魂、祝禱，甚至是尋找遺失物，都可以如願以償。

雖然身處後宮，烏妃卻從不曾與帝王有所往來。至少在今天之前是如此。

這天夜裡，有兩道人影走向了烏妃的殿舍。

✿

「夜明宮真是有名無實。」

夏高峻走在吊燈垂照的迴廊上，望著前方的殿舍，夜明宮。既名夜明，理應通夜輝明，然而夜明宮的牆壁卻比周圍的夜色更加漆黑。若有月光，還可以照出琉璃瓦的水亮光澤，可惜今晚烏雲蔽月。

「應該是吊燈沒有點上的關係。」

手持燭臺的衛青輕聲說道。他是一名宦官，不僅嗓音清亮，而且容貌秀麗脫俗。

夜明宮的簷下吊著一盞盞燈籠，但沒有一盞是亮的。

「內府局的宦官們晚上皆不敢靠近夜明宮，我來前已告知他們晚上要點燈，他們還是沒給點上。」

「為何不敢靠近？」

高峻問道。聲音簡潔、短促而低沉。他平日說話就是這般嗓音，並非忌憚周圍的靜謐氛圍而刻意壓低。他的聲音雖低，卻不顯得冷峻，猶如冬季自枝葉縫隙灑落的和煦日光。

「聽說夜明宮有怪鳥作祟。」

「怪鳥？」

「據說是隻閃耀著金光的大鳥，任何人一旦靠近殿舍，就會遭到攻擊。」

「噢？」

高峻雖嘴上如此回應，流露出的神色卻是滿不在乎。他的一對雙眸直盯著漆黑的殿舍瞧。殿舍內沒有透出一絲光芒，完全感受不到活人的生氣。

衛青朝著高峻那精悍的側臉輕輕瞥了一眼。

「大家，您真要見烏妃？」

「不見烏妃，何必來到此地？」

高峻淡淡地回應。在整個霄國之內，只有一人能夠被宦官稱為「大家」，那就是皇帝。

「朕難道見不得妃子？」

「烏妃不同於一般的妃嬪，見了恐招致禍端……」

高峻輕聲一笑，說道：

「青，連你也信那些謠言？」

衛青沉默不語。

「宮裡流傳著不少關於烏妃的傳聞，有些聽來煞有介事，有些卻是荒誕不經。其實這個烏妃……」

高峻說到這裡，驟然停下腳步。兩人已來到玉階前，階頂一扇漆黑的大門，門扉緊閉，透著一股拒人於千里之外的氣息。

「先不說這些。反正只要見了面，就知道烏妃是仙女還是幽鬼。」

兩人踏上了玉階。衛青走在前頭，正要推門，那門扉竟然無聲無息地開了一道縫隙。衛青一驚，往後退了兩步，陰暗的門縫內忽然傳出刺耳的鳴叫聲，同時有一樣東西竄了出來。

衛青手中的燭臺驟然跌落在地。火光一滅，四周登時一片黑暗。耳中雖然能聽見奇妙的鳴叫聲及振翅聲，眼前卻什麼也看不見。

「大家，請退後。」

衛青這句話一說完，振翅聲與鳴叫聲忽然變得激烈而高亢。下一刻，聲響戛然而止，只剩下若有似無的羽毛振動聲。高峻的雙眼逐漸適應了黑暗後，看見衛青的手掌正揪住了一隻大鳥的頸部。

「這是……雞嗎？」

衛青手中的那隻鳥禽，看起來確實像一隻圓滾滾的肥雞，但是身上的羽毛在夜色中閃爍著淡淡的金光，宛如刷上了一層金粉。

「這禽獸差點衝撞大家，罪該萬死。」

衛青冷冷地說完，就要扭斷那隻雞的脖子。高峻正要制止，忽然眼前的門扉完全敞開，一道清脆的聲音自門內傳出。

「死奴才，放下星星。」

那聲音悅耳動聽，有如潺潺流水，應是出自婀娜少女之口。

趁著衛青的注意力被那聲音吸引，那隻雞竟然藉機掙脫，竄入了屋裡。寬敞的廳堂深處垂掛著好幾道的絲綢薄帳，縫隙間隱約可看見一隻纖白玉手。

帷帳的前方有幾盞蓮花模樣的燈籠，散發出了微弱光芒，隱隱照出帳內的人影。

高峻與衛青一時看得渾然忘我。

黯淡火光下，一名白面佳人緩緩現身。那是個身形嬌柔瘦弱的娉婷少女。約莫十五、六歲年紀，頭上梳了個雙輪髻，插著玉簪及金步搖。髮髻下一朵牡丹花，大小幾乎和少女的臉相當，顯得特別搶眼。但更令人吃驚的是少女的服裝。不管是衫襦，還是自胸口以下的裙子，都是黑色一片。衫襦是透著濕亮光澤的黑繻子，上頭繡著精巧的花葉紋，裙子則是織著瑞鳥叼花圖紋。就連肩膀上的披帛，也是一條黑色的薄紗，上頭似乎縫了一些黑曜石，在夜色中熠熠發亮。

烏妃人如其名，全身上下猶如一隻黑色的烏鴉。

金色的雞逃到了少女的身邊，少女將牠抱起，揚起了長長的睫毛，瞪著衛青說道：

「此乃稀世異鳥，若殺之，汝百身難贖，慎思。」

高峻聽到這句話不禁一愣。這小女孩不僅講話文謅謅，還流露出一股傲氣。

「妳就是柳烏妃？」

少女將一對有如黑瑪瑙的雙眸轉向高峻。

「汝既為帝，帶一隨從夜探吾宮，意欲何為？吾不侍寢，汝應知之！」

「妳不知道朕要來？沒人通報妳嗎？」

「吾實不知，想是星星逐之矣。」

少女放下名為星星的金雞後，高峻隨之留意到地板上鋪著一大條織了華麗紋彩的毛毯。衛青見少女言行無禮，板起了臉正要喝斥，高峻伸手制止，接著走進堂內，來到一張鋪著綾錦的小几前。自銀薰爐飄出的陣陣香氣，瀰漫在整個屋內。

「烏妃，朕有事想請妳幫忙。」

高峻說完之後，在椅子上坐了下來。少女蹙起雙眉，故意站在遠處，不肯靠近小几。高峻也不以為意，伸手從懷裡掏出一樣東西，放在小几上。

「朕聽說妳的職責是為人解決難題，而且妳是有求必應，不管是咒殺、祝禱，還是尋找失物，全都難不倒妳，是嗎？」

少女的雙眉蹙得更緊了，她凝視著高峻放在小几上的東西。那是一枚翡翠耳飾，照理來說應該兩枚為一對，但高峻只在小几上放了一枚。碩大的水滴狀翡翠，以精心雕琢的金扣鑲著，看起來炫亮奪目。

「……吾非有求必應。有求者必以一物為償，若無以為償，則吾不應。」

「必須以何物為償？」

「一刀兩刃，害人即害己也……咒殺人者須以命為償，祝禱者須以財產為償。若為尋找失物，則因事制宜。」

「如果朕想知道這東西的持有人是誰，該以何物為償？」

高峻拈起小几上的翡翠耳飾問道。上頭的深綠色翡翠泛著晶瑩的光澤，猶如瀑布下的水池一般深邃。

「吾不助汝為此事。」

「為什麼？」

「汝為帝，欲知此事有何難？今汝專為此事來求吾，若非窮極無聊，必有難言之隱。吾若助汝，則招惹俗事上身矣。」

高峻心想，這小丫頭可真是機警。

「有人說烏妃是不老不死的仙女，也有人說烏妃是可怕的幽鬼……」

高峻再次放下耳飾，起身走向少女，淡淡說道：

「但妳看起來只是個凡人，對吧？」

高峻抓住少女的手掌。手中傳來一陣暖意，那確實是凡人的手掌。少女的手被高峻這麼一握住，登時全身僵硬。

「朕聽說，妳是在小時候被送進了這夜明宮裡？妳叫什麼名字？」

少女的視線左右飄移了一會兒，低聲說道：「……壽雪。」

「柳壽雪？真是好名字。」

高峻說得輕描淡寫，壽雪抬頭瞪了高峻一眼，雙頰飛紅。高峻看著她，心裡不禁暗想，這孩子真像一隻被激怒的貓。當他低頭望向壽雪的手，那蒼白而纖細的手肘上竟有一小塊疤痕。那疤痕呈現紅褐色，看起來像是燒燙傷的痕跡，卻有著花朵般的輪廓。

壽雪甩開了高峻的手，氣呼呼地說道：

「吾說過不助汝，可速去。」

接著壽雪摘下頭髮上的牡丹花，放在手掌上。那牡丹花竟然有如煙霧般緩緩搖曳變形，幻化成了淡紅色的火焰。高峻平素沉著大膽，極少受到驚嚇，此時卻也不禁退了一步。

壽雪朝著火焰輕吹一口氣，霎時狂風大作，高峻忽然感到一陣莫名暈眩，只能緊閉雙眼，將臉轉到一邊，躲開撲面而來的強風，隨即腳下忽地一個踉蹌，當重新站穩腳步後，睜開眼睛一看，漆黑的門扉赫然出現在眼前。

「……」

高峻驚訝地看著門扉，心中錯愕不已。

「汝之物。」

門內傳出壽雪的聲音。接著門扉微微開了一道縫隙，耳飾被人從門內拋了出來，高峻趕緊伸手接住。下一刻，砰的一聲巨響，門扉再度緊閉。

「……我們好像被趕出來了。」

衛青也在高峻的身旁，露出了瞠目結舌的表情。

「這就是傳說中烏妃的神奇法術？」

高峻將耳飾放回懷裡，嘆了口氣。

「應該吧。看來朕惹惱了她。」

——名為壽雪，性格卻有如夏炎。

高峻走下階梯，依著原路離開夜明宮。衛青拾起地上的燭臺，跟在他的身後。

「請問這烏妃到底是何方神聖？」

「唔……可以算是一種巫覡吧。」

「巫覡？」

「烏妃是侍奉女神烏漣娘娘的巫覡後裔。從前這裡是座廟，而前朝在廟的周圍建了現今的宮城。」

高峻說出了史書《雙通典》中的記述。

「前朝的歷代皇帝想要獨占巫覡的神奇法術，因此在後宮為她安排了住處，還賜給她特殊的妃子地位……依照書上的記載，這就是烏妃的由來。」

高峻的祖父接受前朝皇帝禪讓，登基為帝，建立新朝，首都與宮城皆承襲自前朝，連烏妃也不例外。

「烏妃雖然名義上是妃子，但不會隨著每一代的皇帝更迭。打從前朝起，烏妃便是同一人，直到兩年前，才交接給了現在的柳烏妃。」

柳烏妃就任烏妃之時，高峻還沒有即位。

「每一代烏妃的後繼人選，都是由那隻金雞挑選出來的。青，幸好你剛剛沒有殺了那隻金雞。下次你可別再這麼莽撞了。」

衛青露出一臉歉疚的表情，說道：

「但是……大家只要一聲令下，有什麼事情做不到？何必找這麼一個小女孩幫忙？」

衛青見壽雪以一副高高在上的態度對皇帝說話，心中忿忿不平。

「烏妃的身分特殊，沒有任何人可以命令她做事。朕不能壞了這代代傳下來的規矩。」

高峻生平最討厭任何脫序的行徑。不管是人情義理，還是國法綱紀，每個環節都必須有條不紊。

「大家真是太一板一眼了。」

衛青忍不住咕噥。高峻微微一笑，說道：

「青，你知道夜明宮的牆壁為什麼是黑色的嗎？據說那是因為壁面被想要加害烏妃之人的血給染紅了，才索性塗成了黑色。」

衛青不禁皺起眉頭，彷彿鼻中已聞到了血腥味。

高峻輕撫懷裡的翡翠耳飾，說道：

「現在該怎麼辦才好呢？」

看來只能設法博取烏妃的歡心，讓她接下這樁委託了。

因為這件事除了烏妃之外，全天下沒有第二個人能做到。

黃熟香的碎塊一放在爐灰上，不一會兒薰爐便冒出裊裊輕煙，香氣瀰漫在整間屋子。

壽雪離開薰爐邊，坐在椅子上。雖然鼻中聞著芬芳香氣，心情卻是陰霾不開。追究其根源，自然是為了昨夜年輕皇帝來訪一事。

——今夜彼必復來。

壽雪不禁暗自嘆息。皇帝親自委託的事情，不同於後宮女人們所委託的那些無聊瑣事，必定極為麻煩。

想到這裡，壽雪忍不住隔著衫襦輕撫昨晚被高峻抓住的手腕。皇帝的外貌，比她原本所預期的還要年輕得多，然而舉手投足卻是沉穩老練，與其年紀不符。而且在壽雪原本的想像裡，皇帝必定是個讓人見之喪膽的可怕人物，沒想到親眼一見，竟全然不是那麼回事。皇帝的眼神，猶如寒冬中的暖日，給人一種溫厚平和的印象。

當今的皇帝，是在壽雪繼承了烏妃地位的一年之後才登基為帝。據說決定皇位繼承人的過程發生了不少風風雨雨，但自己進宮時才六歲，進宮後又忙著修行，因此一來不知詳情，二來也沒興趣。

驀然間，原本躺在花毯上的星星抬起了頭。下一秒，牠跳了起來，在房間裡左右衝撞，同時拍動雙翅。

「星星，休得喧噪！」

壽雪出聲喝止，但星星完全不聽使喚，在房間裡大聲鳴叫，撒得到處是金色羽毛。這隻金鳥非常聽上一代烏妃的話，卻總是把壽雪的命令當成了耳邊風。

星星是一隻擁有金色羽毛的稀世異鳥，據說牠能找出黃金的下落，但也有另一種說法，指稱牠能找出的不是黃金，而是已死之人。原本牠身形纖瘦，但因為在後宮吃得太好，竟然變成了一副圓滾滾的肥雞模樣。當年壽雪第一眼看見牠，心裡的感想是「烤熟了應該很美味」，或許這個想法被星星看穿了，直到現在星星依然不肯對自己卸下心防。

壽雪嘆了口氣，朝著門扉伸出手指，做出拉扯絲線的動作。門扉無聲無息地開了。

皇帝與隨侍的宦官就站在門外，與昨晚的景象如出一轍。

高峻的態度依然沉著，臉上不帶絲毫感情。在壽雪的眼裡，那彷彿是一座在寒冬中屹立不搖的高山。一座正安詳沉睡著，等待春天來臨的冬眠之山。

「復來無益，吾不接受汝之委託。」壽雪冷冷說道。

高峻充耳不聞，舉步走入屋內。

「汝聽見否？」

壽雪皺起眉頭，高峻此時朝身後的宦官使了個眼色，宦官踏步上前。只見宦官的手裡捧著一個托盆，盆裡擺著一座蒸籠。

「……此是何物？」

宦官沒有應話，默默將蒸籠放在小几上，掀開籠蓋，籠內登時冒出一股熱氣。

「……！」

蒸籠內擺著幾顆渾圓飽滿的白色包子。

「這是甜食房剛蒸出來的蓮子餡包子，聽說是妳最愛吃的食物？」

沒有錯。壽雪的眼睛一看見包子，就再也離不開了。但高峻此時在壽雪的對面坐下後，竟拿起蒸籠的蓋子蓋上，將蒸籠拉到自己的面前。

「現在，能請妳聽聽朕想委託的事嗎？」

壽雪看了看高峻，又看了看蒸籠，心中猶豫不決。雖然她早已猜到高峻會拿東西來巴結自己，但心裡原本的猜測之物多半是金銀首飾之類。壽雪對那種東西絲毫不感興趣，卻對食物有一份莫名的執著。最大的理由，就在於壽雪是在六歲之後才進宮，在六歲之前，一直過著有一餐沒一餐的窮困生活。

壽雪吞了一口唾沫，瞪著高峻說道：

「……聽聽亦無妨。」

高峻揚起了嘴角。這是壽雪第一次看見高峻的臉上露出表情。

「前幾天，朕在後宮撿到了這個。」

高峻又將昨天那枚翡翠耳飾從懷裡掏了出來。

「妳能查得出掉落這耳飾的人是誰嗎？」

「不能。」

壽雪一邊咬著包子，一邊說得斬釘截鐵。包子皮軟而紮實，蓮子餡甜而不膩。

「不能？烏妃也有做不到的事情？」

「吾非神非仙，豈能無事不知？以人尋物易為，僅須循人之氣而行便是，若要逆向施為則難矣。以物尋人，一則氣弱，二則人雜，無所依循。」

「……原來如此。」

高峻緩緩點頭。壽雪也不知道他是否真的聽懂了。

「汝既知難行，可速歸去。」

壽雪大嚼著包子，像趕狗一樣朝著皇帝揮揮手掌。但高峻並沒有起身。他雙手盤胸，沉吟半晌後說道：

「……既然是這樣，朕想拜託妳另一件事。事實上，這東西讓朕有點困擾。」

「困擾？」

壽雪嘴上詢問，心裡卻想著「與我何干」。

「似乎有幽鬼依附在這上頭。」

原本專心咀嚼著包子的壽雪，聽到這句話不禁抬起了頭。

「何言『似乎』？汝曾見過此幽鬼？」

「曾看見一次，但不是很清楚。」

高峻低頭看著耳飾，接著說道：

「那是一名身穿紅色襦裙的女子，僅左耳佩戴著這耳飾……妳是否有辦法查出這名女子的身分？」

壽雪蹙眉望向那翡翠耳飾，說道：

「或可，或不可。便能查出，又有何益？耳飾失主是何許人，又幽鬼是何許人，豈是皇帝應當掛心之事？」

「只是好奇而已。朕這個人一旦對某件事產生興趣，就會一直放在心上。」

壽雪一聽，就知道高峻這句話說得不盡不實。高峻這個人說得好聽點是凡事不縈於心，說難聽點是感情木訥遲鈍，無論如何實在不像是個好奇心旺盛的青年。

「既然妳說沒辦法找出耳飾的失主，那也沒關係，只要能查出幽鬼的身分就行了。至於詳情，妳就別問了。知道得越多，妳就越麻煩。妳討厭惹上麻煩事，對吧？」

雖然這句話說得一點也沒有錯，但高峻當面說出來，在壽雪聽來還是相當刺耳。高峻見她沉默不語，指著已經空了的蒸籠說道：

「這包子值得妳做多少事，妳就做多少事吧。光吃飯不幹事，相信妳心裡也不踏實。」

壽雪聽了「光吃飯不幹事」這句話，更是怒火中燒。

「人心難測，原來汝是如此陰鷙之人。」

「難不成朕的外表像是個好人？過去可從沒有人這麼說過。」

高峻淡淡說道。壽雪雙眉緊蹙，一時啞口無言。

「朕也沒料到，原來妳這麼可愛。」

壽雪一聽，霎時雙頰泛紅，霍然站了起來。椅子向後翻倒，原本睡在旁邊的星星嚇得連連退後。

「青，椅子。」

高峻輕聲下令。宦官走上前，將椅子扶起。壽雪滿臉通紅地瞪了高峻一眼，重新在椅子上坐下。

高峻拿起翡翠耳飾，遞到壽雪面前。壽雪伸手接過，雙眸依然直瞪著高峻。

翡翠觸手生涼，但是那彷彿要將人吸入其中的深邃綠色卻流露出一股暖意，讓人宛如置身在小河的潺潺流水聲，以及森林的靜謐之中。

壽雪將耳飾放在手掌上，以另一手摘下髮髻上的牡丹花。這並非普通的牡丹花，而是她的法術所幻化而成。

壽雪將牡丹花放在另一手的掌心，那花兒逐漸轉化為淡紅色的火焰。她朝著火焰輕吹一口氣，焰身猛烈搖曳，接著化成了一道煙霧，將耳飾團團圍住。

淡紅色的煙霧逐漸消失，取而代之的是耳飾前方緩緩出現了一道人影。剛開始的時候顏色很淡，接著越來越濃。那是一個身穿紅色襦裙的女人，原本高高綰起的髮髻亂了一半，頭垂得極低，翡翠耳飾在一邊的耳朵上輕輕搖擺。衫襦的一邊袖子已不見蹤影，露出了雪白的手臂。壽雪看見那手腕的內側有一道金色的印記，看起來像是「三星」，也就是三個圓圈並排在一起。

女人緩緩抬起了頭。

「嗚……！」

宦官摀住了口。女人的整張臉漲成了紫紅色，眼珠垂掛在臉上，似乎隨時會掉下來。纖細的頸子上竟緊緊纏繞著一條披帛，舌頭亦在張大的嘴邊無力下垂。與此同時，她的手指正不停地抓著自己的頸子。

「……似此難問話矣。」

壽雪起身朝女人輕吹一口氣，女人的身影猶如煙霧般漸漸消散。

宦官這才鬆了口氣，伸手抹去蒼白臉孔上的汗珠。

壽雪重新坐了下來，將耳飾遞還給高峻，說道：

「既不得問話，吾亦不知幽鬼之名，此事就此作罷吧。」

高峻目睹了幽鬼的醜惡模樣，卻依然神色自若。他將雙手交叉在胸前，沉吟道：

「……這幽鬼看起來應該是被人絞死的？」

「或絞殺，或自縊，吾亦不知。」

「她生前應該是個妃嬪？」

「……吾亦作此猜想。」

幽鬼的手腕內側有一道金色的三星印記，那是代表後宮妃嬪的印記。而且必定是當朝的妃嬪，因為三星是當前宗室夏氏的象徵。

「這幽鬼應該是朕的祖父或父親的妃嬪。」

「或為汝之妃嬪，亦未可知？」

「在朕這一代，還不曾有妃嬪死於非命。」

言下之意，似乎是未來遲早會有。壽雪一聽，心情不禁變得憂鬱。在後宮，妃嬪們或宮女為了爭寵而互相殺害或自殺的情況並不罕見。

有些遭到毒殺，有些跳水自盡，有些遭到處刑……當然也曾有不少妃嬪前來拜託烏妃咒殺某人，但是當她們得知必須以自己的性命作為交換條件時，都悻悻然地離去了。

高峻拿起了耳飾，問道：

「雖然不知道是被絞死還是自縊，但這幽鬼必定是死於非命，所以才會依附在這耳飾上，這一點應該不會有錯吧？」

「想來應是如此。」

天底下哪個幽鬼不是如此？

「能不能想個辦法？」

「想個辦法？」

壽雪聽高峻這麼說，不由得眨了眨眼睛。

「想何辦法？」

「人死後，理應前往大海另一頭的極樂淨土，然而一旦成了幽鬼，就必須永遠待在人世間受苦，難道沒有什麼辦法可以救她一救？」

壽雪轉頭望向高峻。從他的臉上，完全看不出一絲一毫的感情。這男人心裡在想什麼，實在讓人捉摸不透。

「……救之何難？」

要將幽鬼送往極樂淨土，有好幾種方法。其中最常見的做法，其一是舉行鎮魂儀式，化解其怨念；其二是完成其心願，使其了無牽掛。

高峻聽完了壽雪的說明後，再度陷入了沉思。

「一個在後宮遭到殺害或被逼到自殺的人，心中多少會有些牽掛吧。」

高峻說道，口氣雖然平淡，卻帶了一絲暖意。儘管他的臉上從無感情，但他的聲音卻從不冰冷。

高峻這句話有如一顆小石，在壽雪的心池上激起了一陣漣漪。剛剛那幽鬼的悲慘模樣，彷彿再度浮現在壽雪的眼前。既然能成為妃嬪，生前應該有相當的姿色才對。但化成了幽鬼之後，臉上卻只剩下苦悶與恐懼，可見得她正在承受著多麼巨大的痛苦。

「有沒有什麼辦法可以救救她？」

壽雪受高峻這麼乞求，一時不知該如何回應。如果可以的話，實在不想招惹麻煩事；如果可以的話，實在不想與皇帝扯上關係。但是……

那翡翠耳飾，正在高峻的掌心閃爍著光芒。

「妳的手肘上，似乎也有印記。」

高峻對著正遲疑不決的壽雪說道。壽雪趕緊按住自己的手肘。

「只是塊疤，非後宮印記。」

「朕知道。位置和形狀都不對。」

既然知道不是，為什麼要提出來？壽雪窺探高峻的臉，試圖從表情看透他的心思，卻是徒勞無功。

「看起來像燒燙傷，卻有著花朵的形狀……」

壽雪霍然起身，說道：

「多言無益。耳飾幽鬼一事，吾接下了。」

壽雪湊上前去，從高峻手中搶下耳飾，接著說道：

「然幽鬼能否得救，吾亦無法擔保，可否？」

「妳盡力而為即可，萬事拜託了。」

高峻說完之後，也站了起來。壽雪仰望高峻的臉，說道：

「……汝何故為此幽鬼之事大費周章？僅拾獲一耳飾，何故費心至此？」

對於壽雪的這個問題，高峻僅回答了一句話：

「因為覺得她很可憐。」

壽雪一聽，不禁皺起眉頭，她深知背後的隱情絕對沒有那麼簡單。

「……也罷。既然要救此幽鬼，須先清查幽鬼之身分。汝須備妥上一代及上上代之妃嬪名冊。」

要舉行鎮魂儀式，總得知道死者的姓名及出身地等等。何況查出了死者的身分，或許也能從中猜出死者有什麼未了的心願。

「妃嬪名冊？這個恕難照辦。」

高峻想也不想地拒絕了。

「何也？汝一聲令下，備妥此物有何難？」

壽雪曾聽上一代的烏妃提起過，關於妃嬪及宮官的名冊及死亡紀錄，都是由內僕寮統一保管。唯一不會記載在名冊上的妃嬪，就只有烏妃而已。任何一名妃子死於非命，除非遭到刻意刪改或漏記，否則照理來說應該會留下紀錄。

「朕一旦下這道命令，就會被人發現朕正在調查此事。」

「被人發現？」

「朕的一舉手一投足，都會引來無謂的揣測，讓事情變得更加麻煩。」

「……」

「青！」高峻呼喚背後的宦官。宦官會意，行了一禮後說道：

「我來設法暗中取得，只是可能會花一些時間。」

高峻將視線移回壽雪臉上，給了一個不明確的承諾：

「如果有辦法弄到手，朕會拿過來。」

雖然是皇帝一聲令下就能拿到的東西，但要拿到得不著痕跡，就沒有那麼容易了。

壽雪略一思索，忽然揚起嘴角，說道：

「無妨，吾請汝準備另一物。」

「妳要朕準備什麼？」

壽雪接下來說的話，令高峻不禁有些錯愕。

隔天，壽雪走出了夜明宮外。辰時的鼓聲才剛響完沒多久，壽雪很少在這麼早的時間離開殿舍。不，說得更明白一點，壽雪平日絕少離開殿舍，無關時間的早晚，何況此時雖然是清晨，卻是一般官吏早已開始工作的時間。

壽雪走在迴廊上，身上的穿著與平日截然不同。襦裙是樸素的淡珊瑚色，上頭沒有任何刺繡或印染。頭上高高結起一個髮髻，沒有使用任何髮簪。這一身內掃司宮女的服色，正是昨晚要高峻準備之物。

與其靜靜等待不知何時才能拿到手的名冊，不如主動前往調查。壽雪向來是性格急躁的人，更衣向來是由壽雪自己來，她並沒有侍女，整個夜明宮裡只有一名年老的官婢負責處理雜事。壽雪身為妃子，當然可以有侍女，只是她認為沒有必要，所以拒絕了。一來她是市井出身，生活中的大小事都可以自己處理，二來有些事情不能被外人看見……

彎過了迴廊，前方出現一座殿舍的琉璃瓦。那是什麼宮來著？壽雪想了一會兒，忽看見屋頂上有著燕子的裝飾瓦片，這才恍然大悟。那應該是飛燕宮，是嬪的住處。嬪在後宮的地位僅次於皇后及妃。

走近一看，殿舍的周圍有著一排排的黃色波浪。那是木香薔薇。一朵朵美麗的木香薔薇，攀爬在藤架上。壽雪看著那些黃色的小花，內心不禁感慨起了季節的變化。

驀然間，附近傳來了說話聲。壽雪一看左右，這裡原來是飛燕宮的後門附近。而且在數棟建築物中，眼前這棟特別老舊，應該是負責低階工作的宮女及官婢的出入口。

「那就麻煩妳了，明天要拿給我。」

「明天沒辦法啦，時間太趕了。」

「只是稍微改一下而已，應該一下就能完成吧？」

「修改長度沒有那麼快，何況我還有自己的工作……」

壽雪趕緊躲在木香薔薇的後頭。這一帶似乎排水狀況不佳，連建築物都潮濕發黴。壽雪躲在陰暗處，看見兩名宮女正面對面說著話。其中一名宮女的身形較嬌小，穿著淡黃色的襦裙；另一名宮女則穿著藍色的襦裙。淡黃色襦裙是內膳司的宮女服色，藍色襦裙則是內書司的宮女服色。藍裙的宮女手上拿著一件衣物，想要推給淡黃裙的宮女，似乎是在要求淡黃裙的宮女幫忙修改衣服，但淡黃裙的宮女不肯答應。

「等妳工作做完再改不就得了？」

「怎麼可能……」

淡黃裙的宮女被逼得不知如何是好，眼淚快掉下來了。

如果不想做，為什麼不強硬回絕後轉頭就走？壽雪心中納悶，決定躲在暗處觀望一番。

「妳不是每次都會幫我嗎？怎麼就這一次這麼不給面子？要是妳不答應，我就向父親告狀，讓妳家的店經營不下去。」

「求求妳高抬貴手！」

壽雪蹲在木香薔薇的根部，思索了一會兒。原本打算直接走人，不想招惹麻煩事，但眼前的狀況實在是讓人有些看不下去。

壽雪站了起來，走向兩人。

「汝非幼子，繕衣豈不能自為？」

兩名宮女嚇得轉過頭來。

「妳是誰啊？」

藍裙的宮女有些驚惶地問道。

「誠如汝所見，吾乃一介平凡宮女。」壽雪昂首挺胸地說道：「彼女不願助汝，汝何不自為之？」

藍裙的宮女心中狐疑，將壽雪從頭到腳打量了一番。

「能叫別人做的事情，如果自己做的話，不就虧大了嗎？妳算哪根蔥，敢來教訓我？」

藍裙的宮女這麼說完之後，卻又說道：「算了，今天就放過妳們吧。」壽雪愣了一下，沒有料到對方會放棄得這麼乾脆。

藍裙的宮女彷彿對淡黃裙的宮女完全失去了興趣，就這麼轉頭走了。

淡黃裙的宮女鬆了口氣，說道：

「呃……謝謝妳……」

她向壽雪道謝時的聲音有如鳥叫聲一般輕柔，外貌也小巧可愛。後宮的妃嬪及宮女除了來自高官及望族的家庭之外，還有一些是從容貌姣好的平民中選拔出來的，眼前的宮女應該是屬於後者吧。

「她老是像這樣為難我，讓我不知如何是好……她的父親是太府寺丞，我家卻是賣餅的餅肆，所以我不敢拒絕她。」

太府寺是負責管理市集的公家單位。以太府寺丞的權力，要找藉口搞垮一家餅肆確實是易如反掌的事情。

「彼女應是內書司宮女，何故至此為難汝？」

各宮皆有獨立的內膳及內掃等單位，但內書司僅設於後宮的藏書樓。藏書樓與飛燕宮的距離並不近。

「她來飛燕宮，主要是為了跟這裡的公公交換書信，來找我只是順便而已。」

「噢？」

宮女與宦官私下以書信互通情意是很常有的事。但如果是這樣的話，為什麼不交了書信就趕快離去？或許那宮女的個性就是喜歡惹是生非吧。

淡黃裙的宮女仔細打量壽雪，問道：

「妳是哪一宮的？看妳的服色，妳是在內掃司做事？」

宮女的人數多如牛毛，遇上不認識的宮女並不是什麼奇事。壽雪原本想要隨口說一個宮，但又怕眼前的宮女剛好在那個宮有朋友，最後決定老實說出「夜明宮」三字。

「咦？妳是烏妃的人？但我聽說那個宮並沒有宮女……」

「豈有無宮女之理？」

「唔……這麼說也對。」

實際上夜明宮確實沒有宮女，但正常情況下有宮女才是常態，因此對方聽壽雪這麼說，也就信了。

「烏妃是什麼樣的人？聽說她很年輕，是真的嗎？」

「十六歲。」

「咦？真的嗎？原來烏妃這麼年輕！」

宮女著實嚇了一跳。

「聽說她會施展法術，是真的嗎?聽說她不僅能預測天氣，還能看出誰的陽壽已盡，這些也是真的嗎？」

原本以為是個斯文少女，沒想到說起話來這麼聒噪，有如一隻聲音尖銳高亢的雲雀。壽雪沉默不語，宮女忽然摀住自己的嘴，說道：

「難道是……不能說的祕密？」

壽雪見她說得戰戰兢兢，懶得再向她解釋什麼，只好點了點頭。宮女也跟著連連點頭，改變了話題。

「妳長得真漂亮，當宮女太可惜了。我叫九九，妳叫什麼名字？」

在市井平民之中，「九九」是很常見的名字。

「壽雪。」

「壽雪，妳講話的方式真有趣。現在就算是妃子娘娘，也不會用那種文謅謅、硬邦邦的方式說話。」

「……此話當真？」

過去壽雪一直以為上流階級的說話方式就是這樣。壽雪原本只是個市井出身的粗野丫頭，現在的說話方式是上一代烏妃所調教出來的。上一代烏妃雖是名門貴族出身，但年紀相當大了，因此說話的方式不僅過時而且冷硬，但自己對此完全不知情。

九九見了壽雪大為震驚的表情，趕緊緩頰說道：

「不過，這樣的講話方式很適合妳呢。簡直就是個不食人間煙火的絕色美女。我猜妳應該是名門世家的千金小姐吧？」

壽雪默默搖頭。

「咦？不是嗎？妳是因容姿而被選進宮裡的？嗯，這麼說也對，所有的宮女沒有一個像妳這麼漂亮。」

九九越說越是起勁，接著又說道：

「以妳這樣的姿色，當宮女真是太可惜了呢。就算是妃嬪，也不是每一個都見過皇上。更何況是宮女，要獲得皇上的寵幸根本是天方夜譚。」

九九露出了一臉不抱奢望的笑容。不管是妃嬪還是宮女，一旦進了宮，就必須在宮裡度過一生。如果能夠獲得皇帝的寵幸，至少人生還會有點意義。但是對宮女來說，那也是難如登天的事情。

「受皇帝寵幸，非吾所願。」

一想到高峻那副令人捉摸不透的表情，壽雪就忍不住皺起眉頭。九九不解地眨了眨眼睛，說道：

「壽雪，妳真的很怪。」

就在這時，殿舍的後門內傳出了呼喚聲。

「九九！妳跑到哪裡打混摸魚了？」

「我來了！」九九趕緊回應。

「好了，我要進去了。剛剛的事真的很謝謝妳。」

九九說完之後便轉身走入門內，卻發現壽雪也跟著走了進來。

「咦？妳怎麼也進來了？」

「吾可助汝。」

「妳要幫忙我做事？那妳自己的工作呢？」

「現今無事可做。」

壽雪這個舉動，當然不是基於什麼助人之心。只是想以幫忙做事為藉口，在這裡多打聽一些事情。

九九雖然感到有些納悶，但也沒有多加懷疑，只是自言自語地說道：「烏妃那裡果然和一般的宮不太一樣呢。」

一踏進門，眼前便是一大間廚房。牆邊有好幾座大灶，每一座大灶前都有婢女忙著燒火。大灶後方的牆上，貼著一些灶神的平安符及趨吉避凶的對聯。妃嬪的宮內廚房在風俗上其實與一般市井小民的廚房並沒有兩樣，這一點就連夜明宮也是大同小異。

另一側的牆邊，則擺著好幾個大甕。中央排著好幾張長桌，不少負責內膳的宮女們圍繞在桌邊，有的正在磨芝麻，有的正以篩子篩去豆子上的塵埃。

「汝宮內尚未用早膳？」壽雪問道。

「怎麼可能！我們現在在做的是晚餐！」

壽雪聽九九這麼說，不禁吃了一驚。從早上就開始做晚餐？在只有一名老婢幫忙各種雜事的夜明宮，這是絕對不可能看見的景象。

「喂，妳怎麼把其他宮的宮女給帶進來了？」

有宮女出言指責，九九只說了一句「她是我朋友，我請她來幫我做事」，接著便拉著壽雪的手，走向廚房角落。那裡擺著杵臼，以及一些植物的根。

「妳能幫我搗這個嗎？」九九把杵交給壽雪。

「此物有何用處？」

「搗爛後泡水，曬乾後再磨成粉末，就成了蕨粉。」

原來如此。壽雪於是依照九九的指示，搗起了蕨根。旁邊還有另一組杵臼，九九也跟著搗了起來，兩人的臼底各自發出單調而清脆的聲響。

「汝是當今皇帝在位期間入宮者？」

「是啊，我是去年才進來的。」

「既是如此，汝應不知前兩代先帝後宮之事？」

「上一代先帝的後宮往事，我曾聽老一輩的宮女們提起過一些。但是上上代先帝的事，我就不清楚了。」

因為一邊說話一邊搗蕨根的關係，聲音失去了規律。

「何種往事？」

九九往左右看了兩眼之後，壓低聲音說道：

「畢竟這裡是後宮，總是會有一些風風雨雨。別的不說，光是先帝的皇后那件事，就夠嚇人了。」

「先帝的皇后？」

「就是現在的皇太后，她不是遭到了幽禁嗎？」

「幽禁？」

壽雪的聲音太大，九九趕緊「噓」了一聲，說道：

「公開談論這件事，可是會遭到責罵的……壽雪，妳不知道太后娘娘的事？」

「不知。」壽雪回答。九九露出了難以置信的表情。

「那當今皇上曾經被廢去太子身分的事情，妳知道嗎？」

壽雪又搖了搖頭。九九瞪大了一雙妙目，接著眨了眨眼。那表情讓壽雪聯想到佇足在殿舍窗櫺上的雲雀。眼前這女孩給人的感覺實在很像一隻雲雀。

「當今的皇上可是曾經吃過不少的苦頭呢。聽說皇太后當時不僅殺害了皇上的生母，而且還廢去了皇上當時的太子身分。」

根據九九的描述，高峻當時被囚禁在內廷的某房間裡。

「但是皇上並沒有因此而絕望喪志。他逐漸累積實力，拉攏了北衙的禁軍，突然發動政變，扳倒了支持皇太后的朝臣及宦官……」

九九說得繪聲繪影，彷彿這一幕是她親眼所見。根據九九所言，這些傳聞早在街坊之間傳開了，壽雪卻是一無所知。上一代的烏妃只告訴壽雪，當今皇帝在即位時發生過一些爭執，除此之外什麼也沒有多提。

「聽說皇上的生母謝氏有傾城之色，所以皇上本人也是英姿煥發、五官俊美，如果能夠見上一眼就好了。」

九九自顧自地胡思亂想起來，雙頰染上了一抹紅暈。壽雪忍不住想要說出「皇帝乃是個無聊男子」，最後還是將這句話吞回肚子裡。

「皇上的生母當年住在泊鶴宮，位列為四妃，在眾妃之中算是階級較低的。」

即便同樣是妃子，也分位列高低。泊鶴宮並不算大宮，住在裡頭的妃子通常被稱作「鶴妃」，位列第四。

謝氏身為皇上的生母，位列卻這麼低，代表出身不高，或是沒有人脈及後盾。

「汝方才言道先帝的後宮往事，能否詳細述說？」

壽雪將話題拉了回來。

「就我所知，皇太后除了殺害皇上的生母之外，還讓懷孕的妃子流產，如果有宮女惹她不開心，還會被她割掉舌頭……有妃子因為私通而遭處刑，還有妃子遭毒死，下毒的妃子也上吊自殺了……」

「且慢！」

壽雪出言制止。九九愣了一下，問道：「怎麼了？」

「汝言有妃子自縊而死？」

「是啊，聽說是拿披帛掛在橫樑上……」

九九說到這裡，可愛的臉龐上閃過了一抹驚懼之色。

「其妃子是何姓名？」

「這個嘛……我也記不得了。」

「將此傳聞告知妳之宮女，應知詳情？」

「唔，應該吧……啊，等等……」

壽雪忽然放下杵臼，拉著九九往門外走。

「速引我見此宮女。」

「不行啦，工作還沒有做完……」

「暫且擱下。」

壽雪硬拉著九九出了廚房，九九也不再抵抗，乖乖跟在後頭。據九九所稱，該宮女在內染司做事，此刻應該在洗滌場。壽雪於是要九九帶路，兩人走向洗滌場。

兩人繞到宮女們居住的建築物後頭，來到一處晾著不少布塊及絲繩的地方。一群宮女們正圍繞在井邊，以水盆洗著布。九九向其中一名宮女喊道：

「姑姑！」

在後宮，年輕的宮女通常尊稱年長的宮女為「姑姑」。一名年約四十多歲的宮女聽到呼喚，轉過了頭來。雖然宮女的皮膚曬得微黑，而且臉上的皺紋相當明顯，但畢竟是能夠進入後宮的女人，容貌看得出頗為秀麗。

「什麼事？」

「她想問妳關於上吊而死的那個妃子的事。」

女人一臉狐疑地望著壽雪，說道：

「可以是可以，但我現在很忙，不如妳們來幫幫我吧。」

她教導壽雪將布浸在水裡推洗，壽雪乖乖照做，九九在旁邊也只好跟著幫忙。

「妳叫什麼名字？壽雪？噢，我叫阿繡。」

阿繡一邊洗著布，一邊說道：

「我知道妳們這些新進的宮女，最喜歡聽後宮的恐怖或風流故事了。」

阿繡雖然神色冷淡，但這似乎是天生的性格使然，並非心有不滿。

「這也怪不得妳們，畢竟宮裡沒什麼娛樂……上吊自殺的是班氏，身分是鶯女，所以大家都叫她班鶯女，位列我記不得了。」

壽雪只記得鴦女是低階妃嬪的階級之一，至於後宮依規定設有幾名鴦女之類的細節，可就一無所知了。

「班鴦女是個與世無爭的人，平日住在三妃的宮裡，從不做出什麼引人注意的事情。」只有階級較高的妃嬪才能擁有獨立的殿舍，低階者只能在高階妃嬪的殿舍內權且安身。所謂的三妃，指的就是位列第三的妃子，也就是居住在鵲巢宮裡的鵲妃。值得一提的是位列第一的是皇后。

「三妃……我也忘了她叫什麼名字，只記得大家都叫她鵲妃。她不僅年輕，而且姿色出眾，又是重臣的女兒。但因為太年輕的關係，不懂人情世故，個性有些驕縱高傲。有一天，有人在她的羹裡下毒，當時她已懷有身孕，母子倆竟然就這麼被毒死了。內禮司傾全力調查此事，最後竟然在班鴦女的房間櫃子裡搜出了狼毒。」

狼毒是一種毒草，根部有劇毒。

「搜出狼毒的當天，班鴦女就上吊了。她在自己房間的橫樑上掛一條披帛，就這麼結束了自己的生命。」

阿繡此時忽然壓低了嗓音，接著說道：

「自從班鴦女上吊之後，宮裡就開始有了班鴦女陰魂不散的傳聞。許多人都說看見披頭散髮的班鶯女，拖著一條長裙緩緩走著，嘴裡還不停發出啜泣聲……」

「討厭……」九九以微微顫抖的聲音說道。

「姑姑，妳又來嚇人了。最後這一段是妳自己編的吧？」

「不，是真的有人看見了。」

「班鶯女之幽鬼……」

壽雪此時開口問道：「耳上有耳飾否？」

「耳飾？」

「翡翠耳飾。」

阿繡將頭歪向一邊，沉吟道：

「這我就不清楚了。我也只見過班鶯女一、兩次面而已，沒和她說過話。」

「……汝與班鶯女不曾交談，卻以其傳聞為樂？」

「嗯？有什麼不對嗎？」

或許在這後宮，他人的死也算是一種娛樂吧。壽雪搖搖頭，接著問道：

「也罷……班鶯女之侍女在何處？婢女又在何處？尚在宮裡否？」

壽雪的說話方式令阿繡微感錯愕，但她還是回答道：

「應該還在宮裡吧……至於在哪裡做事，我就不清楚了。畢竟後宮這麼大，要找一個人也不容易。」

壽雪一聽，不禁大感失望。只要能找到班鶯女的侍女或婢女，應該就能問出班鶯女是否戴著翡翠耳飾。否則的話，還是沒有明確證據能證明那個幽鬼就是班鶯女。

「除班鶯女外，尚有自縊或遭絞死者否？」

「這個嘛……或許有吧，但我也不敢肯定。皇上的生母謝妃是遭毒殺，另外還有一些妃子是遭斬首。最多的死法，大概還是中毒吧。雖然妃子用餐前會有人試毒，但畢竟毒這種東西是防不勝防的。」

壽雪略一思索，又問道：

「……鴆害鵲妃者，果真是班鶯女？櫃中搜出狼毒云云，豈不能是他人暗中陷害？」

阿繡苦笑著說道：

「是啊，妳說得沒錯。其實在後宮發生的事情，哪一樁不是這樣？跳水而死的妃子，不見得是自願跳入水池裡。犯了私通罪的妃子，不見得真的與人私通。只要隨便拿出一點煞有介事的證據，要害死一個人一點也不難。」

壽雪低頭望向水盆。水好冷，彷彿有股寒意一絲絲鑽入了胸口。

「……上上代先帝之後宮，亦有妃嬪死於非命否？」

壽雪重新打起精神問道。

「炎帝那個時代，倒是沒聽說有像這樣的事情。」

炎帝是上上代皇帝的謚號。

「一來那個時候我還沒入宮，二來炎帝年紀大了，加上已經有繼承人，所以後宮的妃嬪並不多。何況當年炎帝忙於政事，應該也沒有什麼時間享受後宮之樂。」

炎帝是在接受前朝的禪讓之後登基為帝。名義上是禪讓，其實說穿了是憑藉權力及武力強行索求而得。因此炎帝在登基之後，花了很多時間在肅清反對勢力上。

「不過……我倒是聽過這樣的傳聞。炎帝每次夜宿在皇后的宮殿裡，都會把所有燈籠及燭臺點上，讓整座宮殿燈火通明。你們知道為什麼嗎？因為每到夜裡，就會有幽鬼現身……而且是前朝皇族的幽鬼。」

阿繡露出一臉嚴肅的表情，壓低了聲音說道：

「成了幽鬼的前朝皇帝，一邊吐著鮮血一邊咒罵，此外還有皇后、太子，以及年輕的少女，全都站在床前，原本美麗的銀髮變得凌亂不堪……」

在這個國家，幾乎所有人的頭髮都是黑色的，唯獨前朝的皇室一族都有著一頭奇妙的銀色頭髮。

「據說炎帝一直到駕崩之前，都一直被這些幽鬼糾纏著……畢竟他殺了太多人。」

最後一句話，阿繡的聲音小到幾乎讓人聽不見，而且口氣中帶著一絲譴責之意。

炎帝在即位之後，不僅把讓出帝位的前朝皇帝殺了，還下令將前朝的皇族殺得一個也不剩，就連婦孺也不例外。

雖說是為了斬除禍根，但畢竟有些過於殘忍。就連民間也流傳著這樣的譴責聲音，壽雪在入宮前也曾聽人說過。

「不要再說了，我晚上會作惡夢！」

九九嚇得快掉下眼淚。阿繡露出戲謔的微笑，故意對著她說道：「那些幽鬼可能還躲在宮裡的某個角落，晚上說不定會去找妳呢。」

壽雪霍然起身，在裙子上擦乾雙手。

阿繡拿死人來開玩笑，令她感到有些不舒服。

「感謝汝的告知，叨擾了，勿見怪。」

壽雪轉身離開洗滌場，九九趕緊追了上來。

「壽雪，妳還好嗎？妳的臉色有點發白。」

「咦……？」

壽雪輕撫臉頰。

「妳討厭聽鬼故事？我跟妳一樣呢。我們都沒辦法離開後宮，要是真的有幽鬼，那可不知有多恐怖。」

「幽鬼不恐怖，僅是悲哀而已。」

「咦？真的嗎？但我還是會怕……」

九九的膽子相當小，緊貼著壽雪走路。兩人回到了飛燕宮的廚房，繼續搗起蕨根。光是把蕨根搗爛再浸水，便忙了一整個早上。過去壽雪從未拿過杵，此時已是手掌泛紅，但這和入宮前的殘酷勞動比起來，可說是不值一哂。

壽雪走出廚房，九九又從後頭追趕上來。

「這個給妳。」九九遞出一塊墊著芋葉的蓬糕。

「謝謝妳幫忙我。」

「……感謝。」

在內膳司做事的宮女，偶爾能以「試吃」的名義拿走一、兩塊糕點，這也算是一種特權吧。兩人於是坐在路旁的甕上，吃起了蓬糕。草綠色的蓬糕一入口，登時有一股蓬草的香氣在嘴裡擴散，真是太美味了。九九也吃起自己的蓬糕，開心地瞇起雙眼。

「壽雪，妳離開夜明宮這麼久，回去不會被罵嗎？」

壽雪一整個早上都沒有回夜明宮，九九有些擔心。

「無妨。」

「妳們夜明宮好自由，真讓人羨慕，我也想在妳們那邊工作。雖然和其他地方比起來，我們這裡已經算是輕鬆了，偶爾還有甜點可以吃……」

九九又吃了一口蓬糕，接著問道：

「不過……夜明宮是不是很可怕？聽說那裡有妖怪呢。」

「……有一怪鳥，但不可怕。」

「噢，真的嗎？」

九九吃完了蓬糕，偶然抬頭望向壽雪的側臉。她似乎看見了什麼，一邊伸手一邊說道：

「咦？壽雪，妳有白頭髮呢……」

壽雪趕緊起身，以手掌遮住頭髮，往後退了一步。

「啊，對不起，妳很在意嗎？不過妳別擔心，只有一點點而已。不，那搞不好不是白頭髮，只是光線照射的關係……」

「嗯……」

壽雪按著自己的頭髮，又退了一步。

「吾須歸矣，感謝汝之相助。」

說完這句話，壽雪轉身奔向迴廊。九九一時愣住了，不曉得壽雪為何會有這樣的反應。

正午的太鼓聲一響起，高峻整個人疲累地癱在椅背上。外廷的公務時間終於結束了，天還沒亮就前來報到的朝臣們，也終於可以歸府。

「陛下。」

高峻起身正要離去，耳邊忽然傳來雲中書令的輕喚。這個有著一大把白鬍子的宰相，原本是東宮府的太師，高峻從小就與他朝夕相處。

「汀泪宮最近好像不太寧靜。」

汀泪宮是幽禁皇太后的離宮。

「……朕知道……明允！」

高峻將一名看起來極度理性且充滿了智慧的四十多歲男人喚到了身邊。

「財產方面調查得怎麼樣了？」

「目前還沒有查到可疑部分。」

明允除了擔任學士承旨之外，亦兼任管理財政的戶部侍郎。「但我相信一定還有隱藏的財產，她當年亂發皇帝墨敕，恣意封官授爵，所得的財富絕不僅如此。」皇太后過去曾多次出售官爵，藉此中飽私囊。如今沒收的財產，與估算的金額相差太大。

「看來還是只能多觀察宦官的動靜了。」

內侍省之長見皇帝朝自己望來，點頭說道：「陛下請放心。」

皇太后雖然遭受幽禁，但她絕對不會就此安分。畢竟她可是曾經靠著慫恿或威脅先帝，同時勾結外戚掌握大權，成功廢去了高峻的太子身分。如今在宦官之中，一定還有一些人與她暗中互通聲息。

「到頭來，她還是不明白陛下有多麼寬宏大量。」

在討論完因應對策之後，雲中書令嘆了一口氣，輕撫著白鬍子走了出去。高峻則帶著衛青回到皇帝所居住的內廷。外廷的工作結束之後，還有內廷的工作在等著自己。必須做的事情可說是堆積如山。

——朕不殺皇太后，可不是因為寬宏大量。

前往內廷的路上，高峻坐在御轎裡，陷入了沉思。

當初高峻率領北衙禁軍衝進皇后❶的宮中，卻沒有砍掉皇后的腦袋，完全只是因為當時的高峻所掌握的權力還沒有大到足以殺死皇后。畢竟皇后的黨羽太多，如果直接將她殺了，必定會讓整個朝廷陷入混亂。想要瓦解皇后的權勢，絕非一蹴可幾。高峻只能逐漸在朝廷裡鞏固自己的權力，同時一點一滴地挖空皇后的勢力基礎。

如今時機已經成熟。只要高峻一聲令下，大可以隨便羅織一個罪名，將皇太后處死。就像當年的皇后一樣。權力這種東西，本質永遠是不變的。

但是高峻不願意這麼做。高峻想要先找到皇太后犯罪的鐵證，接著才將她處死。

「……」

高峻抬頭望向前方。寢殿就在前方不遠處的凝光殿後頭。在看不見的極遠處，有一座魚藻宮，建築物經年失修，屋頂腐朽不堪，牆壁發黴泛黑。

1 指當今被囚禁的皇太后。

十三歲的時候，高峻被廢去太子身分，從東宮被移送到了那座魚藻宮。從那天之後，他就一直住在魚藻宮內。直到十八歲，高峻才率領禁軍攻入皇后的宮殿，恢復了皇太子的地位。中間這幾年，自己一直過著有一餐沒一餐的飢餓日子。如果不是衛青及現在的近臣們暗中提供食物，恐怕自己早就餓死了。

母親謝氏在高峻還沒有被廢去太子身分時，就已經遭到鴆殺。皇后身邊的宦官們還誣陷謝氏身邊侍女是凶手，不管三七二十一就把侍女處死了。可惜沒有任何證據能夠證明謝氏的死與皇后有關。

——如果毫無證據就下殺手，朕跟皇太后有何不同？

違背綱紀的做法，遲早會招來毀滅。無論如何，絕對不能重蹈皇太后的覆轍。因此高峻需要一個鐵證。一個於法於理都完美無瑕的鐵證。不惜付出任何代價也要得到。

有人說高峻是個重視法紀，從不感情用事的理性之人。但也有人說，高峻是個宅心仁厚的慈悲之人。

但在高峻的心裡，自己既不是前者，也不是後者。

沒有人知道在高峻的心中，隱藏著一股猶如狂風暴雨般的恨意。

——無論如何，一定要將她碎屍萬段。

凝光殿的某房間裡，瀰漫著一股茶香。衛青在風爐裡點了火，擱上茶釜，將茶煮開之後，從銀製的鹽臺裡輕捏起一小撮鹽，加入茶中。每個動作都有如行雲流水一般優美。煮好了茶，以茶匙舀進杯裡，恭恭敬敬地擱在高峻的面前。

「大家，請用茶。」

一舉杯就口，柔和的蒸氣與清澄的芬芳頓時瀰漫在口鼻之間。茶湯入口甘醇順喉，嚥下後一陣暖意在胸腹之間擴散，身體的僵硬與緊繃都獲得舒緩。

「果然你煮的茶最美味。」

衛青一聽，瞇起了雙眼說道：「謝謝誇獎。」

打從高峻十歲起，衛青就是高峻的隨行宦官。不管是高峻的嗜好還是想法，衛青都是最清楚的人。

「那件事查得怎麼樣了？」

為了提防隔牆有耳，高峻故意不把話講明。何況以衛青的善體人意，高峻只是輕輕一點，他便了然於胸。

「那是桂花印，是楊家的印記。」

衛青回答得簡單扼要。高峻指示他調查壽雪手肘上疤痕的來歷，他已查出了眉目。

「既然手肘上有此烙印，應該是家婢？」

「是的。」

高峻沉默不語。那種有如皮膚潰爛一般的疤痕，顯然是燒燙傷的痕跡。有些家族會為買來的奴婢像家畜一樣蓋上烙印。

原來壽雪曾是楊家的家婢。

「楊家是什麼來頭？」

「現在的當家只是個流外官❷。數代前曾有楊家的人擔任過吏部侍郎，但後來就再也沒有人考上貢舉了。」

考不上貢舉，就沒有辦法成為高階官員。像這樣逐漸沒落的名門世家可說是不勝枚舉。

「再者，楊家的風評也不太好。明明沒有人任高官，家族卻是富甲天下。有人說楊家收取賄賂，也有人說楊家偷偷販賣私鹽。而且他們對待下人非常嚴苛。根據我的調查，烏妃是在四歲的時候被賣進了楊家。」

高峻不禁皺起了眉頭。這麼小的年紀，竟然就淪為奴婢。

「但是四歲之前的經歷，還查不出什麼蛛絲馬跡。就連到底是哪個人口販子將她賣給了楊家，如今也難以追溯。」

每個奴婢的出身不盡相同，有些來自於代代都是奴婢的家庭，有些來自於難以溫飽的鄉村貧農家庭，有些是遭俘虜的異族，有些則是來自於落魄的良民之家。

但壽雪散發出來的氣質，倒像是個在深閨中長大的千金小姐……

「與這種來歷不明的人物打交道，我總覺得不是明智之策……」衛青說道。

「……朕明白你的擔憂，但是這個風險非冒不可。」

衛青緊閉雙唇，不再說話。每當他心中不以為然的時候，就會露出這樣的表情。

「皇太后那邊想必不會知道朕拜訪烏妃的用意，也不知道該採取什麼樣的行動……烏妃越引人注目，對我們越有利。」

高峻說到這裡，接著又壓低了聲音問道：

2 低階官員。

「你的部下那邊有沒有什麼消息？」

衛青於是在高峻的耳畔回答：「那宦官及宮女目前沒有動靜。」

在高峻的指示下，衛青派了數名部下混入各宮省，擔任細作的工作。

「……如果他們能早點採取行動，我們反而輕鬆得多。」

要將皇太后的人馬徹底一網打盡，其實一點也不難，高峻只是一直沒有這麼做而已。然而皇太后並沒有察覺權力已經從她的指縫之間流逝，她依然深信自己的手中握有大權。先將皇太后腳底下的石頭一顆顆挖走，再封住所有的道路，讓她無處可逃。這就是自從軟禁了皇太后之後，高峻一直在做的事情。

高峻絕對不會原諒這個殘殺了自己的母親及摯友的女人。

明亮的陽光不斷自窗外透入，高峻卻感覺自己的身軀被一層陰影所籠罩著。彷彿有一團青黑色的物體，正從自己的腳尖向上侵蝕，讓自己的身體從內側開始腐爛。但是高峻沒有辦法停止這一切。憎恨與憤怒就像是肆虐於胸中的寒風，早已讓心靈凍結、壞死。

「只差一步了……」

高峻以衛青或許也能聽見的聲音如此呢喃之後，喝乾了杯裡的茶。

真是太大意了。明明知道差不多該是做那件事的時候了……

壽雪按著頭髮回到夜明宮，從櫥櫃裡取出一個紫檀木的盒子，放在小几上，接著又從棚架上取來藥碾。那是一種磨藥的工具。壽雪打開盒蓋，取出乾燥的矢車及檳榔子，放入藥碾之中，以熟稔的動作磨了起來。

第一步，是將藥材磨碎，而且磨得越細越好。正當壽雪全神貫注地磨藥時，腳邊的星星忽然開始不安分地拍起翅膀。壽雪心中狐疑，正要開口，倏地心中一驚，轉頭望向身後。

這一看，壽雪嚇得差點驚聲尖叫。衛青竟然就站在自己的面前。

「汝……如何得以進來？」

前方的大門可從來沒有打開過。

衛青冷冷地說道：「為了不引人注意，我是從後門進來的。」

衛青朝藥碾瞥了一眼，但旋即露出不感興趣的表情，將視線移回壽雪的臉上。

「我幫妳準備的衣服，派上用場了嗎？」

壽雪低頭望向宮女的衫襦，一顆心正怦怦亂跳，但擔心遭衛青看穿，只好強自鎮定，點頭說道：

「頗有助益。」

「妳拿它做了什麼？」

口氣雖然溫和，話中卻帶著質問之意。

壽雪皺眉說道：

「吾向宮女探聽，得知耳飾之幽鬼或為先帝時過世之班鶯女。」

「班鶯女……」衛青低聲呢喃。

「汝知此女否？」

「我一直跟在大家身邊，對於上一代後宮之事所知不多。」

尤其是在廢太子的期間。

「班鶯女之侍女、婢女現在何處，汝可查出否？」

衛青流露出猶豫之色。

「要查並不難，只要翻看內僕寮的女官名簿即可，但必須要有理由才能這麼做。如果毫無理由地翻看名簿，必定會遭他人起疑。昨天大家也說過了，我們不想引來無謂的臆測。」

壽雪顯得有些不耐煩，說道：

「……既是如此，吾另有一計。」

衛青露出詢問的眼神。

「吾要一名侍女。」

「……侍女？」

衛青大感不解，怎麼烏妃會突然說出這種話。

「吾要內膳司的一名宮女，名為九九，姓氏不知。」

「唔……」

「如此一來，汝可以為吾挑選侍女為名，查看內僕寮之女官名簿。汝為吾安排侍女乃是事實，毫無可疑之處。此計如何？」

衛青微微睜大了眼睛，接著作了一揖，說道：「明白了。」

兩人說完了話，壽雪原以為衛青接下來會轉身離去，沒想到衛青並沒有走向後門，而是將臉湊向壽雪的耳畔，說道：

「妳在磨的藥，是矢車與檳榔子吧？」

壽雪霎時臉色蒼白。

衛青在壽雪的頭髮上輕輕一撩，說道：

「……妳到底是什麼人？」

✿

這天深夜，壽雪離開了夜明宮，走向位於殿舍西側的小池子。附近一帶並沒有吊燈，僅有月光照亮了周遭的景色。這裡相當僻靜，耳中只聽得見草叢裡的蟲鳴聲。

壽雪的手中捧著一個小碗，裡頭裝的是以矢車、檳榔子粉末摻了灰再加入熱水攪拌而成的藥糊。

壽雪踏入池內，身上的夜衣登時濕了，但壽雪並不在意。她蹲了下來，讓一頭披散開來的秀髮浸入水裡。這個時期的池水還冷，入夜之後更是冰寒徹骨，壽雪咬牙忍耐著寒意，以池水不斷梳洗頭髮。不一會兒，頭髮的黑色逐漸褪去。在月光的照耀下，纏繞在手指上的秀髮閃爍著銀色的光輝。

那是讓人眼睛一亮的銀色秀髮。

這才是壽雪原本的毛髮顏色。自從進了夜明宮之後，她持續將頭髮染黑，並且使用各種化妝的道具將原本睫毛及眉毛的顏色蓋掉。從前在當婢女的時候，壽雪並沒有刻意染髮，一頭銀髮只是因灰塵及汙垢而染成了灰色。雖然那同樣是不尋常的顏色，但周圍的人都以為那只是單純操勞過度生出的白髮而已。幸好因為如此，自己才得以苟活。

銀髮是前朝皇族的特徵。

事實上，前朝的皇族原本是一支來自北方的流浪民族。有人說他們曾經是一國的統治者，也有人說他們是神官的後代子孫，但詳情沒有人知道。當然這些傳聞也有可能是為了提升威望而刻意捏造出來的。

據說他們原本是住在高地的一支少數部族，因為部族鬥爭與近親通婚而瀕臨滅亡，最後集體離開了居住地。部族的成員都有共同的特徵，包含高挺的鼻梁、下顎較小的臉部骨骼、大眼睛、修長的手腳，以及完全不同於其他部族，耀眼的銀色頭髮。只要是繼承了部族血脈的人，頭髮絕大多數都是銀色。

上上代的皇帝在順利即位為帝之後，堅持要將前朝皇族趕盡殺絕才肯罷休。他派人幾乎找遍了全國的每一個角落，將四處逃竄的前朝皇族抓回來處死，就連年幼的孩童也不放過。

壽雪能夠逃過死劫，是因為母親在逃命時年紀還小，而且是身分懸殊的婢女所生的女兒，並不被承認為正式的皇族。說起來很諷刺，正因為母親不具有皇族的資格，因此處死的名單上並沒有母親的名字，她才能夠在危急之際將頭髮染成黑色，躲入了市井之中。

後來母親隱身在青樓裡，成為一名妓女，生下了壽雪。如果壽雪的頭髮是黑的，人生想必會順遂得多，可惜壽雪也有著一頭銀髮。

但願這銀髮能為孩子帶來祝福而非詛咒……母親抱著這樣的心情，將孩子取名為「壽雪」。母親將她的頭髮染黑，並偷偷養育著，不讓外人知道。

但即使再怎麼小心，還是走漏了風聲。某天下午，負責管理青樓的教坊使帶來了一群南衙的士兵。青樓的其他人設法拖延，為壽雪母女爭取時間，母親趁機帶著壽雪逃出了青樓。

在士兵們的追捕之下，母親只能在喧鬧的街巷裡死命逃竄。不過後來母親察覺，士兵們所追捕的似乎只有自己一人。自己偷偷生下了後代一事，士兵們似乎並不知情。青樓裡的人當然都知道壽雪的事，如此想來告密者應該不是青樓裡的人。或許是某個客人因為遭母親冷淡應對，為了洩憤而向官府告狀吧。到底始作俑者是誰，如今已難以追究。

母親察覺只有自己遭到追捕，於是讓壽雪坐在坊門的陰暗處，對她說道：

「妳躲在這裡，不管聽見任何聲音都不要出來看。」

母親的雙掌緊緊按住了壽雪的肩膀。

「乖乖待在這裡不要動，也不要發出聲音。等安靜下來之後，妳就回家去。一定要在天黑之前離開這裡，不然這扇門會關上，聽懂了嗎？」

母親迅速說完之後，緊緊抱了壽雪一抱，接著便快步奔出了門外。

不一會兒，外頭傳來了士兵的怒罵聲及刺耳的碰撞聲。

緊接著，是器皿破裂的聲音、牆板被踢破的聲音，以及尖叫聲。壽雪瑟縮著身子，一動也不敢動。那是母親的聲音嗎？壽雪的心裡急得不得了，兩條腿卻是動彈不得，只是打著哆嗦。如果出去的話，一定連自己都會被抓住吧。儘管無法理解母親和自己為何必須逃走，但從母親的態度，壽雪明白自己如果被抓住的話，下場一定會很慘。物品遭砸毀的巨大聲響，以及男人們的粗暴怒喝聲，都讓她嚇得兩腿痠軟。明明心裡想著一定要趕快去救母親才行，兩條腿卻是連站都站不起來。

此刻耳中又傳來了慘叫聲。壽雪以雙手摀住耳朵，緊緊閉上雙眼。強忍著全身的顫抖，一心只希望這段時間趕快過去。

不知不覺，外面的騷動平息了。壽雪終於放開了雙手，兩隻耳朵已經因為按得太用力而隱隱作痛。她戰戰兢兢地站了起來，離開門邊，朝著不久前傳出喧鬧聲的方向走去。商家的店主一臉無奈地看著店門口被砸毀的矮桌，夥計們忙著清理地上的器皿碎片。

但除此之外，就只剩下滿街彷彿什麼事都沒有發生的行人。母親已經被抓走了嗎？如果是的話，她被抓到哪裡去了？壽雪完全沒有頭緒，只能漫無目標地亂走。當初母親吩咐自己離開坊門後要趕緊回到青樓的家裡，但是壽雪此時只有四歲，何況是在母親的懷抱下逃到這裡來，根本不曉得該怎麼走回去。

在熙來攘往的市井巷道裡，根本不會有人關心路邊一個徬徨無助的小女孩。攤販的主人反而還會將壽雪趕得遠遠的，以免販賣的食物被她偷走。就在自己到處尋路的時候，太陽完全下山，坊門關上了。壽雪只能倚靠在門的角落，一邊喊著媽媽，一邊流著眼淚，就這麼沉沉睡去。

到了隔天，壽雪見到了母親。過程中到底經過了哪些巷道，她已記不得了。壽雪看見母親的地方，或許是刑場吧。

因為那裡懸掛著母親的頭顱。

母親的頭髮已經被洗回了銀色，有不少因為沾上了鮮血而黏在臉上。乾裂的雙唇微微張開，彷彿在對壽雪訴說著什麼。

長大之後，壽雪才從前一代的烏妃口中得知，母親是因叛亂罪而遭處死。朝廷擔心她會做出對皇帝不利的事情。

當壽雪回過神來，發現自己正蜷曲在路旁。自從被母親抱著逃走之後，壽雪就再也沒有吃過任何東西，此時卻不感到飢餓。身體動彈不得，不是因為沒有體力，而是因為胸口彷彿被人挖空了一般，什麼也無法思考。

後來壽雪遭人口販子擄走，被賣給了楊家當婢女。過了一段日子之後，頭髮上的黑色藥水逐漸褪去，露出了原本的顏色。但因為沾滿了灰塵與汙垢的關係，看起來只是骯髒的灰色，周圍的人都以為她是因為工作太勞累而白了頭髮。

兩年之後的秋天，忽然一根不知從何處飛來的箭矢，釘在楊家的門樓屋頂上。楊氏勃然大怒，正想找出是誰在惡作劇，沒想到過了一陣子，竟有一群來自宮城的官差找上門來。

那根箭矢閃耀著金色光芒，給人的感覺卻不是美麗而是詭異。

官差將壽雪帶進了宮城，她猜想自己應該會被處死，卻沒有抵抗。自從當年壽雪棄母親於不顧，後來卻看見母親的頭顱懸掛在刑場後，她整個人就像被掏空了一樣，喪失了求生的意志。

官差帶著壽雪自西側的門進入後宮，來到了一座巨大的殿舍前。那正是夜明宮。這群官差原來竟是宦官。

殿舍裡有一名衣著華麗的老婦人正在等著壽雪，那正是上一代的烏妃，名叫麗娘。

麗娘告訴壽雪，那根金箭是金雞的羽毛變化而成，能夠找出下一代的烏妃人選，而金箭挑中的對象正是壽雪。

麗娘以帶著一絲哀戚的雙眸看著壽雪說道：

「汝將於此地度過餘生。」

真是造化弄人。麗娘不禁深深感嘆。壽雪從麗娘的口中，得知了當年母親必須逃走的理由，以及母女兩人的頭髮為何都是銀色。麗娘似乎對所有的事情都了然於胸。

壽雪的身世一旦遭人發現，勢必會步上母親的後塵。但既然被金箭選上了，自己只能一輩子活在夜明宮裡。

麗娘於是為壽雪染了頭髮，將她養育長大，盡可能不讓她被外人看見。一直到臨死之前，麗娘都還在擔心著壽雪的未來人生。

麗娘教壽雪讀書識字、如何說話，同時也教她如何施展烏妃的法術。壽雪並非與生俱來就擁有神奇的能力。不知道為什麼，自從來到了夜明宮之後，在麗娘的指導之下，竟漸漸擁有了自由操控法術的能力。

麗娘讓曾經有如空殼的壽雪重新獲得了人生的希望。麗娘在她的心中灌注了知識，灌注了智慧，也灌注了關愛。

但在壽雪的內心深處，依然有著殘缺。

這是一個無法填補的破口。

壽雪走出池外，擰乾了濕漉的秀髮。接下來必須趕緊把頭髮重新染黑才行。她跪坐在池畔，準備要拿起裝著染髮藥劑的小碗。

「！」

壽雪感受到了視線，猛然抬頭一看，下一刻卻倒抽了一口涼氣。

高峻就站在小池的另一頭，背後還站著衛青。由於距離有點遠，無法看清對方臉上的表情，但是壽雪的銀髮在月光下熠熠發亮，以高峻的位置應該可以看得一清二楚。

壽雪跳了起來，飛也似地拔腿奔跑。一衝進殿舍，立刻關上殿門，一屁股坐在地上。

被看見了！被看見了！

高峻身為皇帝，不可能不知道這銀髮代表什麼意思。實在是太大意了。應該要更加謹慎一點才對。急著想要把頭髮重新染黑，結果反而弄巧成拙。當初衛青針對壽雪正在磨的矢車及檳榔子提出質疑，她含糊其辭，只回答那是「藥」。這並不是謊言，那也算是一種藥劑。但因為被衛青這麼一問，更讓自己產生了「無論如何必須要在大家起疑之前趕快把頭髮染黑」的想法。當年麗娘在世時就曾警告過「急則必失」，如今果然一語成讖。

一切都完了。自己要被處死了。

驀然間，門外響起了輕敲聲。壽雪霎時全身僵硬。

「……妳的東西放在池畔忘記帶走了，朕為妳放在門外。」

那是高峻的聲音。接下來有好一陣子，兩人陷入了沉默。壽雪豎起耳朵，屏住了呼吸，等著他的下一句話。

「朕要走了。記得把身體擦乾，別著涼了。」

高峻說完這句話後，門外響起了遠去的腳步聲。壽雪趕緊起身，將門拉開一道縫隙。

高峻轉過了頭來。

「……汝無其他話對吾說？」

壽雪以顫抖的聲音問道。

「沒有。」高峻面不改色地說道：「今晚朕什麼都沒有看見。」

一時之間，壽雪驚訝得忘了呼吸，內心左思右想，不斷推敲著高峻這句話背後所代表的含意。

高峻似乎看穿了她的心思，又補上一句：「就是妳聽到的意思，沒什麼深意。」

高峻轉身背對壽雪，走下了階梯。站在階梯下的衛青跟在他的背後，兩人走進了迴廊裡。壽雪只是愣愣地看著兩人的背影，直到再也看不見為止。

隔天中午過後，高峻再度來訪。這次他的身邊帶了衛青及另一名少女。

「朕帶來了妳要求的侍女。」

那少女正是九九。她突然被帶到了夜明宮，正一臉不安地左顧右盼。

壽雪朝著高峻的臉上輕瞥了一眼。他臉上的表情毫無變化。不，應該說是面無表情。就跟當初第一次來到這裡時一樣。

——他到底在想些什麼？

昨晚的事，他是真的打算當作沒看見嗎？為什麼他要這麼做？

「……壽雪？」壽雪正思索著高峻的意圖，忽然聽見細微的呼喚聲。抬頭一看，九九正瞪大了一雙妙目，直盯著自己瞧。

「正是吾，昨日受汝照顧。」

九九聽到這句話，更是驚訝得合不攏嘴，問道：

「……這是怎麼回事？妳不是宮女嗎？」

「吾實為烏妃，望汝勿見怪。」

「咦？」九九一時糊塗了，輕撫著自己的臉頰，半晌說不出話來。

「吾向帝求汝為吾之侍女。雖言侍女，每日應做之事寥寥無幾。」

「侍女……？為什麼選上了我？」

「汝曾言願入夜明宮，豈忘之耶？」

「唔……我是這麼說過沒錯……」

九九露出一臉困惑的表情。

「……此非汝之本意耶？」

原本壽雪心想，既然九九曾經說過想到夜明宮工作，趁機便乾脆向衛青要求讓九九調到夜明宮來。

「我也不是真有那個意思，只是一時隨口說了出來……」

九九一邊說，一邊尷尬地在房間裡左右張望。壽雪不禁垂下了頭，心裡有些沮喪。昨日相處了半天的時光，本來覺得兩個人在一起的話應該會很開心，但如今看來，或許是自己自作多情了。

「僅數日即可，非要汝長居此宮。若汝不願，亦不勉強……」

事實上站在壽雪的立場，也不希望長期有個侍女跟在身邊。畢竟那只是為了讓衛青可以調閱女官名簿的藉口，何況若是夜明宮裡隨時有個侍女，自己的祕密可能會被發現。

「青，拿給她。」

原本默默在一旁聽著兩人對話的高峻，此時向衛青下了指示。衛青於是走上前，將手裡的托盤交給九九，上頭擺著一套衣物。

「這是侍女的衣服，妳拿去換上吧。」

「這……這麼上等的衣服，我真的可以穿嗎？」

「既然妳是烏妃的侍女，當然得穿著侍女服色。」高峻說道。

「若汝欲回內膳司，吾亦可另擇他人。」

「不，不是那樣的。我很樂意在這裡工作。」

九九趕緊將衣物捧在懷裡。驀然間，九九與高峻四目相交，她霎時滿臉通紅，趕緊垂下了頭。壽雪見她只因為一套衣物就滿口答應，心裡有種說不出的矛盾感。

九九捧著衣物，到侍女的房間更衣去了。高峻確認九九已經離開，才開口說道：

「談正事吧……多虧了妳，青才能夠光明正大地翻看女官名簿。」

高峻的口氣還是一樣平淡。

「根據名簿上的記載，班鶯女有一名侍女，侍女的底下還有一名官婢，那官婢如今已經病死了。」

「病死……？」

「詳情並不清楚。至於那名侍女，在班鶯女剛過世時，原本被調往其他妃子的宮裡當侍女，但如今卻是在洗穢寮裡。」

洗穢寮通常是年紀老邁或犯了罪的女官才會待的地方。

「侍女的名字叫蘇紅翹。對了，除了班鶯女之外，並沒有妃嬪上吊自盡或遭絞殺，這一點也已經確認過了。」

既然如此，那幽鬼應該就是班鶯女了……壽雪一邊想著，一邊輕撫腰帶。那枚翡翠耳飾就放在腰帶裡頭。

「既是如此，吾欲見蘇紅翹一面。」

「妳要去洗穢寮？」

高峻那不帶表情的臉孔上流露出了一抹遲疑之色，他轉頭望向衛青。

「那不是烏妃應該涉足之處。」衛青說道。

壽雪嗤嗤笑了兩聲。自己從前也是婢女，去那種地方可說是恰如其分。

「無妨，若能見此人，必然可知耳飾是否為班鶯女之物。」

剛好就在這時，九九換好衣服走了出來。

「九九，汝亦隨吾一往。」

「要去哪裡？壽……娘娘！」

壽雪沒有答話，自顧自地拉開房間深處的絲帳。只見她昨天換下來的宮女服，此刻還胡亂扔在床上。

「吾欲更衣，汝等速去。」

壽雪對著高峻及衛青說道。高峻默默起身，衛青的臉上微微露出了不滿之色。九九見壽雪竟能對皇帝下命令，不由得看得目瞪口呆。

壽雪不等兩人走出門外，已拉上絲帳，解開了腰帶。

❀

「娘娘……我們真的要去那個地方？」

九九跟在壽雪的身後，急得快哭了出來。

「事已至此，何必問耶？如今吾亦為宮女，勿以『娘娘』相稱。」

「可是……」

九九露出一臉困擾的表情，不知如何是好。究竟該如何與壽雪相處，似乎成了她心中的一大煩惱。

壽雪帶著九九朝後宮的西南方走去。經過一條架設在小河上的朱橋時，九九忽然垂下頭，躲在壽雪的身後。壽雪正感納悶，忽看見對岸小河邊的楊柳樹下走來一名宮女。那正是當初高傲地要求九九修改衣物的內書司宮女。她似乎沒有看見兩人，正快步朝著飛燕宮的方向走去。

「……已去矣。」壽雪說道。

九九提心吊膽地抬頭朝對岸看了一眼，確認宮女已離去後才吁了一口氣。

「此宮女與飛燕宮宦官日日互通書信，毋乃太過？彼女於內書司必有職務，如何得以連日外出？」

「唔……不過她跟我說，她只是受人請託，幫忙送信而已，她自己對宦官一點興趣也沒有，還叫我不能把這件事告訴任何人。」

「受人請託？」

「嗯，她自己說她只是幫內書司的其他宮女把信送過去。不過若是這樣的話，為什麼那個宮女不自己送？我猜她只是臉皮薄，不肯承認而已。」

壽雪歪著頭，心中也感到狐疑。那宮女看起來確實不像是熱心助人的人物。

兩人再度邁步，走過了小橋，穿過幾座庭園，走過一條以土牆圍成的迴廊，繞過殿舍。周遭的景色變得越來越寂寥，再也看不見美麗的庭園，殿舍的外觀也越來越樸素，大多數建築物都是低階勞動者的宿舍。

洗穢寮的位置在後宮的偏僻角落。宮城裡有大小水路縱橫交錯，洗穢寮所在的角落因為地勢較低的關係，地面一直是泥濘的狀態，建築物上頭盡是黴斑與苔蘚。在後宮，任何人被調派到這種地方來，幾乎就跟流放沒有兩樣。附近一帶聚集了不少素行不良的低階宦官及宮女，治安狀況並不好。越接近洗穢寮，土牆的傾塌情況就越嚴重，瓦片也都掉了下來，顯然是經年失修。路面不再是乾淨整齊的鵝卵石路，放眼望去盡是雜草叢生的泥濘地，到處是大小石塊。甚至有宦官倒在土牆邊睡覺，臉色異常紅潤，似乎是喝了不少粗酒。有宦官不斷朝著壽雪及九九上下打量，彷彿在估量著兩人的來頭。九九心中害怕，緊緊跟在壽雪的背後。

「無須懼怕。」壽雪告訴九九。這些宦官再怎麼無賴，應該不至於見人就找麻煩，何況就算被找麻煩，也沒什麼大不了，他們總不可能動手殺人……

但是壽雪原以為「總不可能」的事情，竟然真的發生了。

兩名宦官慢慢朝壽雪及九九走來，眼睛直盯著兩人看。壽雪正心中提防，沒想到從坍塌了一半的土牆後頭竟然又走出兩名宦官。這些人雖然都穿著低階宦官的長袍，目光卻異常犀利，顯然不是一般品行不良的宦官。壽雪才剛察覺不對勁，他們已經從懷裡掏出了明晃晃的短刀。九九一看見刀子，不由得發出了嘶啞的驚呼聲。

四個宦官將壽雪及九九圍在中間。

「汝等是何人？吾身上並無值錢之物。」

宦官們並沒有應話，只是默默地朝著兩人一步步逼近。壽雪見苗頭不對，心中也感到惴惴不安。

壽雪一摸頭上的髮髻，這才想起自己現在打扮成宮女的模樣，頭上並沒有牡丹花。壽雪咂了個嘴，只好改為伸出手掌，掌心向上。

一股熱氣凝聚在掌心。空氣隱隱晃動，產生了一股熱浪。下一秒，熱浪在掌心逐漸幻化為一枚枚淡紅色的花瓣。這些花瓣聚集在一起，形成了一朵牡丹花。

宦官們見狀，臉色都是驚疑不定。他們面面相覷，心中似乎都在等著同伴先採取行動。但願他們膽子不大，就此知難而退……壽雪心中抱著一絲期待，可惜事與願違。其中一名宦官忽然大喝一聲，朝著兩人猛撲而來。

壽雪朝著牡丹花輕吹了一口氣。

霎時之間，牡丹花化成了一道狂風，朝著宦官們颳去。四名宦官各自被那利刃一般的狂風颳得連連驚呼，壽雪抓住九九的手，想要趁機從宦官之間鑽過。

「啊啊啊！」

沒想到竟然有一名宦官伸出大手，抓住了九九的衣領。

「九九！」

那宦官舉起了尖刀。此時已來不及施展法術，壽雪只好朝著地面奮力一蹬，撲進了尖刀與九九之間。就在這一瞬間，那宦官竟然摔倒在地上。

「你們在做什麼！」

不知何時又來了一名宦官，從側邊將手持尖刀的宦官撞倒了。那宦官年約三十多歲，眼角下垂，看起來一副溫厚慈和的模樣。

「你們想對這兩個柔弱的宮女做什麼？攔路搶劫嗎？」

那見義勇為的宦官怒氣沖沖地大聲斥責，撲向倒在地上的宦官，想要奪下他手中的尖刀。但倒在地上的宦官猛然朝那宦官的腹部踢了一腳，接著彈跳而起，尖刀依然緊緊握在手中。另一名手持尖刀的宦官也衝了過來，想要加入戰局，此時不知從何處飛來一顆石塊，精準地撞在那宦官的手上，宦官大聲喊疼，手中的尖刀掉落在地上。

幾乎就在同一時間，另一邊也傳來了哀號聲。轉頭一看，不知何時又來了一名年輕宦官，他將一名手持尖刀的宦官壓倒在地，扣住了那人的手腕。不僅如此，而且其他手持尖刀的宦官也都倒在地上慘叫，有的按著手臂，有的抱著膝蓋。原來不過一眨眼的功夫，所有手持尖刀的宦官都被那年輕宦官打倒在地。

「退！」

三名宦官狼狽而逃。年輕宦官放開了地上那宦官的手腕，那宦官也倉皇起身，踉踉蹌蹌地朝著同伴逃走的方向拔腿奔逃。

「娘娘，您沒事吧？」

年輕宦官轉頭問壽雪。壽雪過去從未見過這個人，他看起來約莫二十歲年紀，有著一對單眼皮的鳳眼，相貌俊美。就連臉頰上的一道疤痕，也彷彿是美麗臉龐上的一件裝飾品。

「下官溫螢，奉衛內常侍之命，自後方暗中護衛娘娘。有失禮數，請娘娘勿見怪。」

體態修長勻稱的溫螢，以矯捷的動作朝壽雪作了一揖。

「原來是衛青……」

真是個周到的男人。

「汝救吾命，在此致謝……此諸人是何來歷？想來應非一般盜賊。」

「下官也不清楚，不過很有可能是皇太后派來的。」

「皇太后……？」

壽雪心想，她不是遭到了幽禁嗎？怎麼還可以派人襲擊自己？

「另有一人……」

壽雪環顧左右。剛開始在千鈞一髮之際出手相助的那名宦官，這時也已不見蹤影。

「此人亦衛青手下乎？」

「下官並不認識他，或許只是剛好路過而已。」

那個人穿的也是灰袍烏帽的低階宦官服色。如果只是剛好路過，他看見歹徒手持尖刀，還敢出手相助，可說是相當具有俠義心腸。下次有機會再相見的話，一定要好好向他道謝。

「九九，汝無事否……？」轉頭一看，九九還坐在地上，一副泫然欲泣的表情。這也怪不得她。

「身上無傷否？」

壽雪伸手要將九九拉起，九九卻抱著壽雪嚎啕大哭起來。

「陷汝於危險之中，吾之過也，汝可速回夜明宮。」

壽雪抬頭想要叫溫螢送九九回去，九九放開了壽雪的身體，搖頭說道：

「不，我要隨娘娘一起去。」

她一邊說，一邊拭去眼淚。

「但……」

「娘娘剛剛救了我一命……」

壽雪心想，她指的是剛剛自己擋在她跟刀子之間的事吧。

「我要陪在娘娘身邊。」

說完這句話之後，九九又吸了吸鼻子。言簡意賅的一句話，表達出了堅定的決心。

「……不勝感激。」

一種酥麻又尷尬的感覺在胸中擴散。這是壽雪第一次產生這樣的感覺。

壽雪來到了洗穢寮前。九九與溫螢分別站在壽雪的左右兩側。院門已垮了一半，門柱嚴重腐朽，似乎隨時會倒下來。穿過了院門，便看見一群身穿黃褐色襦裙的宮女們以木盆洗著衣物。每一個宮女都是表情憔悴、面色如土，其中不乏年紀老邁者。壽雪三人從她們身旁走過，她們甚至沒有抬頭看一眼。九九緊貼著壽雪的手臂，戰戰兢兢地左右張望，這裡不愧是有宮女墳場之稱的地方。

三人踏進了屋頂長滿苔蘚的建築物裡，登時便聞到一股刺鼻的黴臭味。牆壁上滿是黴斑。負責管理洗穢寮的宦官，將三人帶到了建築物後頭的一間房間前。

「這裡就是蘇紅翹的房間……但我想你們是很難從她口中問出什麼的。」

宦官那一對有如死魚般的雙眼，從不曾在壽雪等三人身上停留。

「為何？」

「你們見了就知道。」

宦官說完這句話後，就轉身離去了。房門口並沒有門板，只掛著一塊骯髒的簾帳。溫螢站在門口警戒四周，壽雪帶著九九走進了房內。

狹窄的房間裡，僅窗邊有一張簡陋的床，上頭躺著一個女人。剛剛宦官曾提過，蘇紅翹從昨天就發起了高燒，一整天都躺在床上。洗穢寮裡收容了不少像這樣臥病不起的宮女。

床上女人有著一頭稀疏的花白頭髮，臉孔和身體都瘦得像皮包骨，皮膚粗糙無光澤，再加上醒目的皺紋，儼然是個佝僂老嫗。但仔細一看，女人的年紀其實沒有那麼老。

「……汝是蘇紅翹？」

壽雪在床前彎下腰問道。女人微微睜眼，朝壽雪望來。她的視線左右飄移不定，並沒有回答這個問題。壽雪正想再問一次，女人忽然朝壽雪張開了口。

壽雪心中一驚，忍不住退了一步。

女人的嘴裡沒有舌頭。

她的視線依然停留在壽雪的身上，口中發出了細微而詭異的聲響，大概是在訴說著「沒錯，我無法開口說話」。

此刻壽雪終於明白了剛剛宦官那句話的意思。

不管問這女人任何問題，她都無法回答。過去壽雪確實曾聽過有宮女遭受割舌之刑的傳聞，但沒想到竟然真有其事。女人嘴裡沒有舌頭的模樣，實在令人怵目驚心。

看來只能讓她以點頭、搖頭的方式來回答「是」與「不是」了。

「……吾乃夜明宮之烏妃，今日來此，乃是有事相詢。」

壽雪從腰帶內掏出了那耳飾。

「汝識得此物否……」

壽雪一句話還沒有問完，蘇紅翹的臉色已經起了明顯的變化。她瞪大了眼睛，面露驚懼之色。下一瞬間，她不斷動著雙唇，似乎想要說話，但從口中流出的只有唾液及有如呻吟般的異樣聲響。

「此物為班鶯女所有？」

蘇紅翹連連點頭，雙唇上下翻動，手掌做出寫字的動作。

「……汝欲筆談？」

壽雪一問，蘇紅翹旋即用力點頭。壽雪於是轉頭對九九說道：

「汝去尋方才之宦官，商借紙筆。」

九九轉身走了出去，不久之後卻空手而歸，面露無奈之色。

「那宦官說這裡沒有紙筆，而且蘇紅翹不識字，借了紙筆也沒有用……」

壽雪轉頭望向紅翹，她點點頭，目不轉睛地凝視著壽雪。此時她的眼神流露出堅定的意志力，與剛剛那有如槁木死灰般的表情截然不同。

「……既是如此，只得將她帶回夜明宮。溫螢，有勞了。」

溫螢於是以一條薄被將蘇紅翹裹住，扛了起來。一行人正要離開，宦官趕上前來說道：

「你們擅自把人帶走，那可不行。」

「吾乃烏妃，如今吾帶走此人，若有不滿者，到夜明宮來。」

那宦官聽到烏妃兩字，嚇得連連後退。烏妃能夠咒人致死的謠言，早已傳遍了整個後宮，就連掌管燈火的宦官也不敢至夜明宮點燈。

壽雪一行人將紅翹帶出洗穢寮，匆匆趕回夜明宮。

由於夜明宮沒有宮女，空房間相當多。一行人找了間空房間讓紅翹躺下，壽雪找來麻紙與筆，九九磨好了墨，將硯臺放在床邊。紅翹坐起上半身，提起了筆。

洗穢寮的宮女曾教我識字。

紅翹以生澀的動作寫下了這行字。

但他們如果知道我識字，一定會把我殺了，所以我只能裝作不識字。

壽雪看到「殺」這個字，不禁皺起了眉頭。

他們殺了婢女。或許是因為殺侍女太引人注意，所以他們剪斷我的舌頭，讓我沒辦法說出祕密。

根據名簿上的記載，婢女應為病死，實際上竟是遭到了殺害。

他們先安排我當其他妃子的侍女，接著隨便捏造罪名，剪去我的舌頭。

或許是情緒太激動的關係，紅翹的字跡相當亂。她緊咬著嘴唇，臉上充滿了不甘。

「……是誰害汝如此？是誰欲殺汝？」

紅翹的雙手在顫抖。她先做了一次深呼吸，接著才提筆寫字。

皇太后。

皇太后鴆殺了鵲妃。紅翹接著寫道。鵲妃即三妃，是個相當年輕的妃子，原是重臣的女兒，遭鴆殺時已懷有身孕。後來這件事被誣賴到了班鶯女的頭上。

鵲妃遭到殺害，是因為她懷孕了。她的父親雖是重臣，但與皇太后立場相左。

為了把罪誣陷給班鶯女，他們買通了婢女，將狼毒放入班鶯女的房間櫃子裡。這一切，我都是親眼所見。

紅翹寫到這裡，忽然停了下來，筆鋒在空中游移良久，最後她一咬牙，繼續寫了下去。

但我那時候也不敢違逆他們。他們說，要是我不聽話，就殺了我的家人。我沒有其他選擇，只好對班鶯女見死不救。

紅翹雙肩顫動，又停筆好一會兒。

為了將來有一天能傳達真相，我一直努力學習識字。你們既然持有那枚耳飾，應該是站在班鶯女這一邊的人？

「咦？」

紅翹抬起頭來，面露狐疑之色。

難道不是嗎？

壽雪於是告訴紅翹，是皇帝高峻在後宮撿到了耳飾，沒想到耳飾上竟然依附了一名幽鬼。但為什麼紅翹會一看到耳飾就認定壽雪是站在班鶯女這一邊的人呢，壽雪心中也感到有些納悶。

紅翹一聽到幽鬼兩字，頓時臉上毫無血色。

班鶯女的幽鬼？

「此耳飾既是班鶯女之物，幽鬼應為班鶯女無疑。」壽雪一邊遞出耳飾，一邊說道。

這耳飾確實是班鶯女之物，我記得很清楚，因為它只剩下一枚而已。

「只剩一枚？」

是的，只有一枚。而且娘娘生前隨時隨地都戴著它。

娘娘指的應該就是班鶯女吧。紅翹望向遠方，彷彿在回想著當年的往事。

娘娘曾經告訴我，她把另一枚耳飾送給了故鄉的未婚夫。

「未婚夫……？」

娘娘說，她有一個從小訂下終身的未婚夫，後來在朝廷任官的父親毀約，把她送進了後宮。娘娘於是在進宮前，把一枚耳飾送給了對方。她說只要撫摸剩下的那一枚耳飾，就能夠想起未婚夫。

娘娘的個性稱不上開朗，但是心地相當善良。我父親經營的是一家小小的麵肆，我被選為宮女之後，發現其他宮女的家世都相當好，而我不僅出身卑微，還目不識丁，什麼也不懂，在宮中生活得很痛苦。娘娘憐憫我的處境，特地提拔我為侍女。

而我卻背叛了她……

紅翹寫到這裡，一度停下了筆，但她重新振作起精神，繼續寫了下去。

娘娘在某一天，把那耳飾送人了。

「送人了？」

沒錯，那天娘娘從中庭走回來，我見她並沒有佩戴耳飾，擔心是弄丟了，趕緊向娘娘詢問。娘娘笑著告訴我，她在外頭看見一個孩子正在哭泣，就把耳飾送給了那孩子。她還說，那孩子應該是在後宮遇上了什麼難過的事情。那孩子拿了娘娘的耳飾，一定能夠明白娘娘的心地有多麼善良仁慈，絕對不會做出什麼毒殺他人的事情。

如今耳飾既然在妳的手裡，就算妳不是當年那孩子，應該也是那孩子的親友。既是如此，妳一定能夠明白娘娘是被陷害的。

紅翹寫完這些話，這才擱下筆，吁了一口氣。壽雪一摸她的額頭，竟然熱得發燙。她的高燒不僅沒有退，而且更加惡化了。

「吾知情矣，汝可稍事休息。」

沒想到紅翹忽然又提起筆，迅速寫了起來。

娘娘不僅遭到誣陷，而且後來還被那些宦官們殺了。請一定要懲罰他們，我也願意接受應有的懲罰。

寫完這些話之後，紅翹便失去了意識。壽雪扶著她的身子，讓她在床上躺下，接著在剩下的麻紙上寫了柴胡、黃連、半夏等藥名，交給溫螢。

「以此藥方交付藥司。」

溫螢拿著藥方快步走出房間。接著壽雪指示九九照顧紅翹，獨自走回自己的房間。她將耳飾放在小几上，愣愣地看著。

——不僅遭到誣陷，最後還慘遭殺害……

怪不得班鶯女會化身成幽鬼，依附在這耳飾上。

問題是當年班鶯女到底把耳飾給了誰?當年拿到這耳飾的人物，應該就是掉落耳飾的人物。既然耳飾是掉在後宮裡，代表遺失者也是後宮的人。這個人是誰？是打從先帝時期就在宮裡的宮女或宦官嗎……？

壽雪輕按自己的太陽穴。接下來該怎麼做才好？總而言之，得先把這些事一五一十地告訴高峻吧？

壽雪輕輕撫摸那枚耳飾上的翡翠。只要為班鶯女報仇，就能夠讓她心無牽掛嗎？反過來說，如果不為她報仇，就算舉行了鎮魂儀式，也沒有辦法讓她的靈魂獲得救贖？

壽雪拿起耳飾，在眼前輕輕搖晃。

壽雪以溫螢取回來的藥煎了藥汁，餵紅翹喝下。到了隔天早上，紅翹的燒就退了。為了幫助她調養身體，壽雪還以人蔘及甘草煮了些粥，紅翹吃下之後，臉色也變得紅潤了些。這一天，壽雪把整個白天的時間都花在照顧病人上。她暗中派人請皇帝前來，到了晚上，高峻依約拜訪了夜明宮。

「當年那個威脅妳不能洩漏祕密，而且還陷害並殺了班鶯女的宦官，妳知道他叫什麼名字嗎？」

高峻聽完了壽雪的說明之後，臉上絲毫沒有露出驚訝之色，轉頭朝紅翹問道。紅翹點點頭，在紙上寫下了名字。高峻拿起紙來瞥了一眼，便將紙交給衛青。

「皇太后當年的小爪牙，不是什麼厲害人物，如今在內僕寮做事。」

幸好當初沒有將他處死……高峻在嘴裡低聲呢喃，只有身旁的壽雪及衛青聽見了。皇帝口中的「當初」，指的應該是當年擊垮皇太后勢力的那個時候吧。

「班鶯女的那個未婚夫叫什麼名字，妳知道嗎？」

高峻接著又問。紅翹旋即提筆，在紙上寫下我聽娘娘喚他十郎，但她才剛寫完，便察覺不對。「十郎」是在親族之間的同輩排行，並非名字。

紅翹沉吟了一會兒，忽然又提起筆。

這次她寫下了兩個字。

郭皓。

「郭皓……？」

高峻詫異地咕噥道。

「大家，您認識此人？」

衛青在一旁問道。高峻以手掌抵著額頭，思索了半晌後說道：

「朕曾聽過這個名字。如果沒記錯的話，那是從明允的口中說出來的……」

明允是學士承旨，即皇帝的顧問。

「郭皓是貢舉的狀元，如今在祕書省擔任校書郎。」

壽雪不禁佩服高峻記憶力過人。高峻將雙手交叉在胸前，陷入了沉思。

「既然是能夠將女兒以妃嬪的身分送入後宮的家族，女兒的未婚夫想必也有一定的家世，就算在朝廷任官，也不是什麼奇事……」

——這個未婚夫的心中，是否還惦記著班鶯女？

未婚妻被送入後宮，等於是被皇帝奪走了。而且後來未婚妻還在後宮裡死於非命。

壽雪隔著腰帶輕撫耳飾，驀然抬頭說道：

「……吾欲見此人，可否？」

「妳要見這個人？」高峻重複了壽雪的話。除了親戚之外，後宮的妃嬪原則上是不能見外人的。

「班鶯女入宮後，卻依然對此未婚夫心懷牽掛。吾欲親口探問此人，當年兩人究竟情深若何。」

班鶯女既然對這個未婚夫如此思戀，或許這才是她死後心中真正的牽掛。假如那未婚夫在故鄉的話，沒辦法離開宮城的壽雪要見到此人恐怕頗為困難，但如今對方既然是官員，只要有高峻的幫助，要見上一面應該不難。

高峻只沉吟了極短暫的時間，便說道：

「好，朕來安排。」

壽雪忍不住朝高峻的臉上輕輕瞥了一眼。雖說這是高峻自己委託之事，但他貴為皇帝，竟願意親自移駕到夜明宮會見一宮女，而且二話不說就答應壽雪的要求。為何他會如此重視這翡翠耳飾的事情？

「……不過拾獲一耳飾，汝為何對此事如此盡心費神？儘管當初吾已問過，如今依然百思不解。」

這絕對不是一個皇帝應該做的事。

高峻只是朝壽雪看了一眼，並沒有回答這個問題，起身便欲離去。壽雪見高峻對自己的問題充耳不聞，心中有些發火，並跟在高峻的後頭離開了房間。

來到殿舍外，高峻終於停下了腳步。他沒有回頭，只是開口說道：

「打從一開始，朕就說了……」

高峻似乎刻意壓低了聲音。壽雪走到他的身邊，抬頭看著他。

「朕想知道這耳飾的遺失者是誰。」

「吾言此事難為……」

「所以朕才退而求其次，想要知道這幽鬼的身分。只要知道幽鬼是誰，或許就能查出耳飾的遺失者是何許人物。」

「……故汝命我調查此事？」

「多虧了妳，朕已知道這耳飾原本是班鶯女之物，朕該向妳道謝。」

「即便知道是班鶯女之物，遺失者身分依然不明。」

根據紅翹的說詞，班鶯女把耳飾給了某人。這個人可能是打從先帝那一代就在宮裡的宦官或宮女。既然耳飾落入了這個人的手中，遺失耳飾的多半也是這個人。問題是宮裡的宦官及宮女多如牛毛，要如何找出這個人？

「為何汝千方百計，欲尋此耳飾之遺失者？」

打從一開始，高峻就模糊了焦點。表面上他回答了壽雪的所有問題，但他其實一直沒有說出問題的核心。

高峻雖然給人一種耿直的印象，但其實城府極深，不是個能夠輕易信任的人物。

高峻以側眼俯視壽雪，接著忽然微微弓身。壽雪見高峻將臉湊來，下意識地想要往後退，卻聽見後者以更低的聲音說道：「朕不想把妳捲進這麻煩事裡。」原來高峻是不希望這些話被人聽見，才將身體湊向她。

「……汝不言，吾亦在麻煩之中矣。」

「……拾獲那耳飾的人，並不是朕。」

「然則是誰拾獲？」

「朕安排在後宮內的細作。」

「細作……」

「遺落那耳飾的人，或許能夠成為某樁密謀惡事的證人。若能得到這名證人，對朕有極大的幫助。」

「大家……」衛青說道：「這些事或許不說為佳。」

高峻朝衛青瞥了一眼。衛青得知高峻的意思，不再開口說話。

——密謀惡事？

耳飾的遺失者是證人？

壽雪不禁皺起了眉頭。

「汝查此事，實欲得此證人，非為那幽鬼？」壽雪問道。

當初高峻曾說過「覺得她很可憐」，難道那只是一句謊言？

高峻面不改色地說道：

「既然妳想知道答案，這就是答案。」

說完之後，高峻便轉身離去。壽雪朝著高峻的背影怒目瞪視。

——有沒有什麼辦法可以救救她？

驀然間，高峻當初說的這句話浮上心頭，讓壽雪放鬆了緊蹙的雙眉。

倘若高峻只是想知道耳飾遺失者的身分，何必說出那種話？壽雪想到這一點，內心再度充滿了疑惑。

顯然高峻還沒有說出真正的詳情。

「……」

壽雪看著走向迴廊的高峻，決定邁步上前。

「且慢。」高峻聽見壽雪的呼喚，轉過了頭來。

「吾尚有話問汝。」壽雪一邊說，一邊走向高峻。

「耳飾的事情，朕能說的都已經說了……」

「吾另有別事。」

壽雪打斷了高峻的話。

她心裡有個問題，非得要問個清楚不可。否則的話，實在沒辦法安心。

高峻默默凝視著壽雪，片刻之後，朝衛青使了個眼色。衛青略一遲疑，朝壽雪輕瞥一眼之後，向高峻行了一禮，退向遠處。高峻轉身走向池畔，這是個沒有風的夜晚，皎潔的月影映照在黑色的池面上。

「……汝為何不究吾罪？吾實不明，汝有何意圖？」

壽雪站在池邊，仰望高峻問道。高峻明明知道了壽雪的身世，為什麼選擇視而不見？這個男人的心裡，到底在打著什麼樣的算盤？這個問題一直讓壽雪百思不解。

高峻俯視壽雪，開口說道：

「揭穿妳的身分，對朕沒有任何好處。」

高峻的語氣平淡且沉穩，宛如寒冬中的和煦日光。但仔細觀察便會發覺，他不管是聲音還是臉孔，都不帶一絲感情。

「不僅沒有任何好處，而且還有壞處。一旦將妳處死，朕會失去烏妃，還會被百姓視為暴君。」

高峻轉頭望向水面，接著說道：

「朕的祖父實在殺了太多人。他一當上皇帝，突然變得疑神疑鬼。猜忌之心隨著年紀老邁而增長。在他的眼裡，每個人都想要搶走他的皇帝寶座。到最後，他甚至連自己的兒子也不惜下手殺害。」

炎帝以謀反的罪名處死了兩個封王的兒子，並非什麼難以打聽到的祕密。

「朕想不到必須將妳殺死的理由。當然如果妳心裡想要殺朕，那又另當別論。」

高峻轉頭望向壽雪。

「……吾並無殺汝之意。」

高峻凝視著壽雪，彷彿在評估著這句話的真偽。

「妳不恨朕？不恨朕的祖父或父親？」

壽雪的視線在空中飄移。月光灑落在水面上，閃爍著冷澈的光輝。

「吾亦不知。吾不曾恨任何人，吾只恨吾自身。」

高峻皺眉問道：「為什麼恨妳自己？」

「吾對母親見死不救。母親遭擒時，吾躕於暗處，屏住呼吸，害怕遭人發現。為了苟活下去，不顧母親的死活。」

「母親實是因吾不救而死。」

壽雪凝視著水面上的月影，嘴裡如此呢喃。

當年拋下母親不理，只顧自己逃走的行為，如今成了壽雪心中最大的痛。明明聽見了慘叫聲，自己卻摀住耳朵，躲在暗處發抖，一心只期望這可怕的時間能夠趕快過去。心裡天真地以為只要熬過這一刻，一切就能恢復原狀。

看見母親頭顱的那一刻，強烈的後悔擊碎了壽雪的心靈。為什麼當初對母親見死不救？為什麼聽見慘叫聲時，自己沒有衝出去？

這股悔意在壽雪的內心深處造成的缺損，永遠沒有獲得填補的一天。

「殺吾無任何好處，故不殺吾……即便今日不殺，將來亦會因其他好處而殺。」

就算遲早有一天會被殺，那也無所謂。壽雪自暴自棄地說完這句話，轉身邁步而行。

「壽雪！」高峻喊道。

這是高峻第一次呼喚壽雪的名字，那聲音彷彿有股溫柔的力量，撼動了她的胸口。

轉頭一看，高峻解下了腰帶上的一枚佩飾，朝自己遞來。

「……此是何物？」

壽雪心中狐疑，皺起了眉頭。高峻抓起壽雪的手掌，將佩飾放在掌心。那是一枚魚形的琥珀佩飾。

「拿著它，這是朕給妳的信物。」

「信物？」

「朕絕對不會殺妳，以此物為證。」

壽雪看了看高峻，又看了看那魚形的琥珀佩飾。高峻那深邃而漆黑的瞳孔，有如泉水一般清澈。

不知道為什麼，壽雪不敢再看下去，將頭轉向一邊。

「……吾不收。若遭人誤以為吾竊取汝物，吾反徒增困擾。」

壽雪欲將手中的魚形琥珀佩飾推還給高峻，高峻不收，轉身離去。

「啊……止步！」

壽雪正想追趕上去，高峻忽然又轉頭說道：

「壽雪，我們是一丘之貉。」

「咦？」

「當年朕也對自己的母親見死不救。」

高峻說得輕描淡寫，一對瞳孔極盡漆黑，彷彿裡頭藏有連黑暗都可以吸入的無限空間。

壽雪這才霍然驚覺，原來眼前這個人的心中也有著難以填補的缺損。

月光灑落在漸行漸遠的高峻背影上，壽雪手掌心的魚形琥珀彷彿也正與其呼應一般，泛著靜謐的光芒。

✿

在高峻十歲的時候，母親過世了。

母親過世前的那段時期，高峻見母親每天總是鬱鬱寡歡，因此經常到母親的宮裡探望她。然而母親之所以鬱鬱寡歡，全是因皇后❸百般刁難之故。

高峻受冊立為皇太子，而母親卻依然維持著妃子的身分，這是因為母親在朝廷裡缺乏後盾之故。但是從另一個角度來看，高峻能夠成為皇太子，卻也是拜母親缺乏後盾所賜。原本的皇太子，也就是皇后的兒子在年紀很小的時候就夭折了，皇后勢必得從其他妃子的兒子中挑選一人作為皇太子。最後皇后挑上了高峻，正是因為高峻的母親沒有什麼強勢的親戚，足以在朝廷裡形成外戚勢力。

當時的皇帝，也就是高峻的父親，有著性格軟弱、討厭紛爭、凡事以和為貴的個性。他畏懼於皇后及其背後的外戚勢力，因此沒有辦法保護高峻的母親，長期以來放任高峻的母親遭皇后欺凌。皇帝一心只認為反正過一陣子，皇后玩膩了欺壓妃嬪的遊戲，就會罷手了。或許因為太過遲鈍的關係，皇帝無法理解他人心中的痛楚。

相較之下，皇后則是非常能夠理解他人心中痛楚之人，而且以此為樂。她十分清楚如何才能夠在他人的心中創造最大的痛苦。

事實上高峻的母親也有著與人無爭的性格。或許因為這一點的關係，高峻的母親與皇帝特別合得來，但是否真是如此，如今已無從確認。

母親很少向周圍的人傾訴心中的痛苦，因為高峻的外祖父官階太低的關係，母親曾在公開場合上當眾受皇后取笑。

母親不擅舞蹈，皇后卻常在宴會上強迫母親獻舞，以此作為笑柄。但母親不管遭受什麼樣的屈辱，都強忍了下來。當時的高峻見母親總是忍氣吞聲而不敢反擊，心裡有一些瞧不起母親。因為年紀太小，高峻無法理解母親的立場有多麼艱難。

「你在東宮應該有很多事情要做，別一天到晚跑來找我。」

有一天，母親這麼告訴高峻。這讓高峻有種遭受背叛的感覺。自己如此為母親擔心，母

3　指高峻為皇太子當時的皇后。

親卻嫌自己礙眼。

高峻當時雖然已懂得許多事，但心態畢竟還太稚嫩。在聽到這句話的當下，高峻氣憤地站了起來，拋下一句「我不會再來了」，便回東宮去了。

——怎麼會說出那種話……

高峻萬萬沒有想到，那是自己與母親最後一次見面。

母親的喪禮結束之後，高峻曾經去了一次母親的殿舍。失去了主人的殿舍內，不管是房間裡，還是床臺上，都已看不見母親的身影。高峻愣愣地坐在椅子上，看著門外的庭院。

「謝妃不敢反抗皇后，是怕連累了您。」雲太師如此告訴高峻。母親要高峻別去找她，也是基於相同的理由。

高峻恍然大悟，想要再去找母親時，母親竟然死了。

一想到最後對母親說的那句話，高峻就感覺到一股椎心之痛，彷彿有一把利刃刺入了自己的胸口。自己的內在彷彿開了一個大洞，裡頭一片空蕩，什麼也沒有剩下。高峻站在庭院裡的牡丹花前，流下了眼淚。

皇帝沒有辦法依靠，兒子又對自己說出冷酷無情的話，母親最後只能在孤獨中結束一生。一想到母親的處境，高峻實在不知道如何才能彌補自己的過錯。人死不能復生，任何彌補的行為都已毫無意義。

——就在這時，高峻的背後出現了一道人影。

「……你是誰？為什麼在這裡哭泣？」

高峻永遠記得，女人那柔弱、婉約的聲音。

「……大家？」

高峻從睡夢中悠悠醒來。他看了衛青一眼，以手掌抵著額頭，從躺椅上起身。衛青煎的茶正瀰漫著芬芳香氣，高峻啜了一口，腦袋才清醒了些。

上午的政務已結束，高峻此時正在內廷的房間裡休息。最近要處理的事情太多，常常忙到三更半夜，身體已經有點吃不消了。

——現在正是緊要關頭，可不能鬆懈了。

尤其是那件事情，只許成功不許失敗。高峻凝視著杯上的騰騰熱氣，陷入了沉思。衛青不敢打擾，靜靜地取小碟裝了一些蜜棗，再配上一些荔枝，端到高峻的面前。高峻一邊思索，一邊吃了起來。荔枝飽滿多汁，蜜棗香甜入味，感覺全身的疲勞減輕了不少。

「大家，這是從夜明宮送來的。」

衛青從跑腿的宦官手中接過小箋，轉交到高峻手上。攤開一看，水紋紙上頭寫著端麗的文字，這應該就是壽雪的筆跡吧。讀完之後，高峻不禁揚起嘴角。

「大家，一切安好？」

「沒事。」

高峻摺起小箋，收進懷裡，接著招手示意衛青上前。

「郭皓已經在洪濤院裡了？」

「是的。」

洪濤院的正式名稱是洪濤殿書院，朝廷召集了一群優秀的學士在該處進行典籍的蒐羅及校勘。郭皓是進士狀元，高峻以某典籍抄本上的解釋有疑義為由，要他到洪濤院待命。

「準備兩套宦官的衣服，送到夜明宮去。」

壽雪在小箋裡要求高峻立刻讓她和郭皓見面，而且口氣相當高傲。

「是……」

衛青雖然嘴上應了，但表情顯得相當不以為然。

洪濤院當然不在後宮之內。要將壽雪帶出後宮，總不能讓她依然穿著妃子的服裝。當然只要有皇帝的許可，妃子還是可以出宮，但程序太過繁瑣，而且讓一名妃子公然外出，只為了見一名官員，實在太過容易引人注目。

事實上坊間相當盛行女扮男裝，就算是在後宮裡，也常可看見身穿男裝的妃嬪。但以壽雪的外貌，就算穿上了男裝，多半依然像個女孩子。唯有假扮成年輕的宦官，才勉強能夠矇混過去。

「每次只要遇上跟烏妃有關的事，大家就像變了一個人。」衛青忍不住咕噥。

高峻是一個凡事都喜歡照規矩來的人，最討厭違反紀律的行為。但他不僅對壽雪的前朝皇族後裔身分睜一隻眼閉一隻眼，如今還要讓壽雪打扮成宦官的模樣，將她帶出後宮。

「有些事情還是得破破例。」高峻說道。

對於高峻的這個解釋，衛青露出了完全無法認同的表情。其實就連高峻自己，也不明白為何會做出這樣的決定。不知道為什麼，高峻就是很想看看那少女接下來又會做出什麼事。自從失去了母親及摯友之後，高峻已不知多久沒有這種感覺了。

高峻起身打開櫥櫃，取出裡頭的一個小盒子，打開盒蓋，將裡頭的東西放進懷裡。

另一邊的衛青則是臭著臉命令手下準備宦官的衣服。

「盡是男人！」

壽雪的口氣簡直像是看見了什麼稀奇古怪的景象。衛青的眼神彷彿在說著「廢話」，高峻則不發一語。

一行人走在洪濤院的走廊上，沿途不斷有學士往來走動。負責帶路的學士姓何名洵，字明允。他看見身穿宦官服色的壽雪及九九，只是朝高峻輕瞥一眼，什麼話也沒問，甚至連表情也沒有絲毫改變。他的年紀約莫四十來歲，外貌散發著理性與智慧。

「這邊請。」

明允將壽雪一行人帶進了一間書庫。牆邊的架子上堆滿了竹木簡及書卷，空氣中瀰漫著老舊墨水的氣味。中央的桌子上，也有堆積如山的書卷及紙張。角落坐著一名年輕人，他一看見高峻，趕緊跪下行禮。

「你是郭皓？」

「是的，陛下。」

高峻在椅子上坐了下來。另一方面，壽雪一看見郭皓的臉，登時整個人傻住了。

「汝是……」

高峻與郭皓同時轉頭望向一臉錯愕的壽雪。郭皓看見身穿宦官服裝的壽雪，先是露出一絲狐疑之色，下一刻忽然大叫一聲，臉色瞬間由紅潤轉為蒼白。

雖然只看過一次，但是絕對錯不了。那張眼角下垂，看起來一副溫厚慈和模樣的臉孔……雖然他此刻穿著官員的服裝，但他正是當初出手拯救壽雪的宦官。

「汝非宦官耶？如何能在此處？」

「呃……那個……」

郭皓臉上冷汗直流，嘴唇不停顫抖。他緊緊閉上雙眼，接著突然跪在地上磕頭。

「微臣該死，請陛下降罪！」

「……這是怎麼回事？」高峻問。壽雪自己也是一頭霧水，只告訴高峻，當初她受到一群宦官攻擊時，正是眼前這個人出手相助。

「噢？」高峻揚眉說道：

「這麼說來，他偷偷潛入了後宮？」

壽雪轉頭望向臉色蒼白的郭皓。郭皓完全沒有辯解，看來高峻說得沒錯。

「真是太愚蠢了！」明允斥責道：「你應該知道這麼做會有什麼後果！」

「……既是如此，汝出手助吾，乃是不顧潛入後宮之事遭揭發之風險？」

壽雪走向跪在地上的郭皓，跪下來問道：

「汝何故潛入後宮？」

郭皓垂下了頭，似乎猶豫著該不該說。

「必是為班鶯女之事？」

郭皓聽到壽雪這麼問，吃驚地抬頭說道：

「您怎麼會……」

「你是班鶯女的未婚夫？」

高峻跟著問道。

「陛下……連這件事也知道了？」

「是班鶯女身邊的侍女告訴朕的。」

「侍女……」

郭皓臉上的驚恐之色突然消失，一副要撲上前的模樣，激動地問道：「她在哪裡？」

衛青立即上前，擋在高峻的前方，阻止郭皓靠近。郭皓毫不理會，接著說道：

「微臣想向她問個清楚！小翠絕對不會做出毒殺他人這種事，侍女應該知道內情！」

衛青擋下情緒激動的郭皓，將他推了出去。郭皓倒在地上，壽雪走過去將他扶起。

「……小翠就是班鶯女的名字？」

高峻淡淡地問道。郭皓見了皇帝氣定神閒的態度，也稍微恢復了冷靜。

「是的。」

「你想問侍女的，是當年鵲妃遭鴆殺一事？」

「沒錯，小翠不是會做那種事的人，而且更不會上吊自殺……」

郭皓垂下頭，哽咽了起來。

「你偷溜進後宮，就是為了找那侍女？」

「……是的，微臣想查出小翠的真正死因。」

郭皓雙膝跪地，雙掌在膝上緊緊握拳。

「小翠剛死的時候，她的父親只說她是病死，關於自縊及鴆殺其他妃子什麼的，微臣完全不知情。微臣心裡原本有些納悶，小翠並不是個體弱多病的人，怎麼會說死就死。但微臣想一個人如果染上了瘟疫，突然病死也是常有的事情，所以微臣並沒有想太多，只是為她的死感到難過。」

郭皓接著描述他在任官之後，才聽到了班鶯女的傳聞。

「自從在朝廷任官之後，微臣聽到了許多與先帝有關的傳聞。包含妃嬪的事情，以及皇后的事情。當微臣聽到小翠的傳聞時，當真是晴天霹靂……」

郭皓緊緊咬住了嘴唇。

「小翠絕對不會毒殺他人，更不會背負著嫌疑自殺……」

「……就算是這樣，你也不該偷偷潛入後宮。」高峻說道。

郭皓垂下了頭，答道：

「陛下肯定無法體會未婚妻被皇帝奪走的感覺。」

衛青一聽，霎時目光如電，大喝一聲：「放肆！」高峻伸手制止。

「微臣跟小翠從小就訂下了婚約。我們都相信將來有一天，我們會結為連理。沒想到有一天，小翠的父母突然說要把小翠送進後宮，不再讓微臣跟她見面。小翠被送往京師的前一天晚上，她偷偷跑來找微臣，把一對耳飾中的一枚交到微臣手上，希望微臣看見耳飾就能想起她。那是她的母親送給她的一對翡翠耳飾。」

郭皓臉孔扭曲，似乎隨時會掉下眼淚。

「……但微臣竟然把耳飾遺落在後宮了……」

郭皓低聲說道。壽雪一聽，霎時驚訝得瞪大了雙眼。

——把耳飾遺落在後宮？

壽雪從腰帶中取出耳飾，說道：

「汝遺落於後宮之耳飾，便是此物？」

郭皓驚訝得眼珠子差點掉下來。

「沒錯……就是這個！金邊上有一點刮痕……有了，就是它！這就是小翠的耳飾！」

郭皓以顫抖的手接下耳飾，興奮得漲紅了臉。

沒想到這耳飾竟然是未婚夫遺落在後宮之物，這讓壽雪感到有些意外。原本以為應該是班鶯女將耳飾送給了後宮的某個人，那個人不慎遺失了。畢竟掉落的地點是在後宮，有誰會想到班鶯女的未婚夫竟然會偷偷潛入後宮裡？

「請問……這是您撿到的嗎？」郭皓問道。

「非也，拾獲者是此人。」

壽雪轉頭望向高峻。嚴格來說，拾獲者是高峻的細作。驀然間，壽雪想起高峻曾說過，他想要找出耳飾的遺落者，還說這名遺落者或許能成為證人。如今看來，這名證人正是郭皓。但高峻不提此事，壽雪也不便主動詢問。

郭皓聽壽雪竟以「此人」來稱呼皇帝，不禁嚇了一跳。但他見周圍的人都沒有出聲斥責，心中也察覺壽雪與皇帝的關係似乎非比尋常。

「幽鬼依附於該耳飾之中，此人欲救幽鬼，遂要吾暗中相助。」

「是陛下的旨意……？」

郭皓轉頭朝高峻瞥了一眼，又將視線移回壽雪身上。

「妳說的幽鬼，難道是小翠的……？」

「然也。」

郭皓露出哀慟的表情，凝視著耳飾。

「……人都死了，卻還受著煎熬？」

郭皓如此呢喃之後，將身體湊向壽雪，問道：

「您剛剛說，陛下為了救此幽鬼，請您暗中相助？這麼說來，您應該就是傳說中能施展奇幻法術的烏妃娘娘？」

「吾正是烏妃。」

壽雪高傲地點頭說道。

「您有辦法拯救小翠？」

壽雪被郭皓這麼一問，一時難以作答，最後只能老實說道：

「……目前尚未可知。」

郭皓一聽，不禁大為沮喪。

「彼女若心無牽掛，即便吾不出手相助，亦能往生極樂。若彼女乃因含冤枉死而成幽鬼，報仇雪恨之日應不遠矣……」

壽雪轉頭望向高峻，他點頭說道：

「朕正準備要捉拿當年陷害及殺死班鶯女的宦官。」

郭皓發出了既像是哀號又像是嘆息的聲音。

「這麼說來，小翠是無辜的……而且……她真的遭到了殺害……」

郭皓全身無力地蜷伏在地上，五官因心中的憤恨而扭曲變形。

「為什麼？為什麼小翠會遭此橫禍？」

「對方真正想殺害的對象是鵲妃。班鶯女只是剛好住在同一殿舍內，因而背了黑鍋。」

「只因為這種事，小翠竟然枉送性命……」郭皓以雙手摀住了臉，心中彷彿有強大的怨恚無處發洩。他深吸幾口氣，抬起了頭，端正了跪姿，朝著壽雪說道：

「烏妃娘娘，微臣有一事相求。」

「何事？」

「微臣想見一見小翠的幽鬼。」

郭皓抓住了壽雪的衣袖，懇求道：

「求烏妃娘娘成全！」

壽雪見郭皓苦苦哀求，不禁心中遲疑。此時的幽鬼，呈現出的是當年遭殺害時的慘狀，不再是生前那清秀佳人。讓郭皓看見那醜陋的模樣，似乎並非明智之舉。

「此幽鬼為怨念與牽掛所凝聚之物，已非汝所熟悉之小翠……」

「只要能跟小翠見上一面，不管她變成了什麼模樣，微臣都不在乎！」

郭皓對著壽雪再三懇求。他心裡很清楚，潛入後宮一事遭人發現，已是死罪難逃。因此他想在臨死之前，與小翠見上最後一面。

壽雪感覺到一陣苦澀在胸中擴散。

「既是如此……」

壽雪伸出手掌，掌心冒出一股熱氣，接著出現一枚枚花瓣，最終凝聚成了一朵牡丹花。那牡丹花綻放著淡淡的光芒，不一會兒，緩緩幻化成淡紅色的火焰。壽雪拉起郭皓的手，輕輕拈起他手中的耳飾，朝那不斷搖曳的淡紅色火焰輕吹一口氣。

火焰化成了煙霧，將翡翠耳飾團團圍住。耳飾的前方逐漸出現一道人影。那是一名身穿紅色襦裙的女人，小翠。就跟當初在夜明宮現身時相同，女人的臉漲成了紫紅色，頸子上纏繞著一條披帛。

郭皓見了那駭人的模樣，也不禁倒抽一口涼氣，但他並沒有移開視線。

「小翠……小翠！」

郭皓朝著幽鬼伸出手，卻觸摸不到幽鬼的身體。小翠凝視著空中，並沒有轉頭望向郭皓，似乎沒有聽到他的聲音。

郭皓低下了頭，嘴裡依然呢喃著小翠的名字。

小翠生前明明希望藉由耳飾睹物思人，如今化身成了幽鬼，難道心中並未殘留著對意中人的思念？

抑或，耳飾只有當初交給郭皓的一枚，卻少了小翠原本持有的一枚，所以幽鬼的心靈無法獲得滿足？

問題是現在根本沒有時間再去找出當年獲小翠贈予耳飾的那個人。有沒有什麼其他的辦法，能夠讓小翠聽見郭皓的聲音呢……正當壽雪一籌莫展的時候，高峻突然開口了。

「壽雪。」

——每當聽見高峻呼喚自己的名字，壽雪總是有種奇妙的感覺。

高峻的聲音總是那麼低沉而溫和。臉上明明不帶任何感情，聲音卻宛如淡淡的日光一般輕柔而溫暖，讓壽雪感覺到彷彿有一股力量在撼動著自己的胸口。

壽雪強忍著這種一顆心瑟縮不安的感覺，轉頭問道：

「……有何事？」

「這個給妳。」

高峻從懷裡掏出了一樣東西。壽雪下意識地伸出手掌，高峻將那東西放在壽雪的手掌上。壽雪一看，登時驚訝得瞪大了眼睛。

「……如何能有此物？」

高峻交到壽雪手裡的，也是一枚翡翠耳飾。就跟原本的耳飾一樣，垂掛著一顆水滴狀的碩大翡翠。

「這耳飾……」

看起來和小翠的耳飾非常像。不，甚至可以說是如出一轍。壽雪將兩枚耳飾舉到眼前比對。這兩枚鑲著金邊的翡翠耳飾，無疑是一對。

「此物為何在汝手中？」

壽雪的腦袋已糊塗了。

小翠將一枚耳飾送給了郭皓，另一枚則送給了……後宮裡的某個人。

「難道……」

「……在朕十歲那年，母親舉行喪禮的那一天，朕在喪禮結束後遇見了她。」

高峻以和緩而平淡的口氣說道：

「當時朕不知道她是誰。朕見她只戴著一邊耳飾，心中感到納悶，便問她為何耳飾只戴了一枚。她告訴朕，另外一枚已經送給了一個對她來說很重要的人。她還說，只要戴著這一枚耳飾，就好像那個人陪在自己身邊一樣……她身為後宮妃嬪，照理來說應該不敢把自己的私情說得如此露骨。或許是因為她看朕年紀小，而且哭得傷心，所以才故意說了這些話，想要轉移朕的心思。」

高峻身為皇帝，竟泰然自若地承認自己「哭得傷心」。壽雪驀然回想起高峻曾說過「當年朕也對自己的母親見死不救」這句話。不知他當年在哭泣的時候，有著什麼樣的心情？

「……接下來，朕對她做了很過分的事。朕竟然要求她把耳飾送給朕。她雖然見不到那個很重要的人，但至少那個人還活著，朕心中嫉妒，才提出了這樣的過分要求。」

高峻這番話雖然說得語氣平淡，卻是刻骨銘心，有如滴水一般，足以滲入岩縫。壽雪清楚地感覺到高峻的情感一點一滴地滲入了自己的心坎之中。

「她笑著取下耳飾，交到了朕的手中。並非因為朕是東宮太子，她才把耳飾給朕。她只是想要安慰一個正在哭泣的孩子……」

高峻說到這裡，停頓了片刻。

他眨了眨眼睛，瞳孔微微搖曳。接著他輕嘆一聲，接著說道：

「朕很後悔拿了她的耳飾，但一直沒有機會還給她。」

高峻凝視著那耳飾。

「朕一直希望有一天能夠物歸原主。」

壽雪這才明白，為何高峻如此執著於找出耳飾的持有者。

——有沒有什麼辦法可以救救她？

當高峻說出那句話時，確實是真心誠意，沒有半點虛假。

壽雪將兩枚耳飾一同遞給郭皓。郭皓凝視著那耳飾，小心翼翼地伸手接下，以雙手手掌包住，緊緊貼在自己的胸口。

「小翠……」

郭皓驚訝地抬起了頭。那幽鬼的形象似乎有了變化。原本漲成紫紅色的臉孔，變回了原本白皙而勻稱的美麗模樣，纏在頸子上的披帛不見了，身上原本凌亂的衣物也變成了鮮豔的嫩草色襦裙。

小翠的雙唇微微上揚，露出了溫柔的笑容。

郭皓起身輕撫小翠的臉孔。指尖當然什麼也觸摸不到，但小翠瞇起了雙眸，彷彿正在接受著意中人的溫柔觸摸。小翠也伸出了有如雪白魚腹般的手指，滑過郭皓的臉頰，輕觸他的嘴唇。接著小翠將手指移到自己的唇邊，輕吻了一口。

一滴淚珠自小翠的眼角滑落，但她的臉上依然帶著笑容。雖然只是一個毫不起眼的動作，卻彷彿已讓她獲得了無上的幸福。

小翠的身影有如霧氣一般微微搖擺，色彩越來越淡，最後化成了一道裊繞的紫煙。郭皓伸出了手，那紫煙在指縫間依依不捨地纏繞了片刻，最後終於完全消失。

——雖然只是短暫的相聚，卻已足以救贖小翠的靈魂。

壽雪看在眼裡，胸口不禁隱隱作痛。

郭皓整個人癱倒在地上，抱著耳飾哽咽哭泣。悲戚的哭泣聲迴盪在靜謐的房間裡。

「……謝謝烏妃娘娘。」
大哭了一場之後，郭皓拭去眼淚，向壽雪道謝。接著他轉身面對高峻，磕頭說道：
「如今微臣已心無罣礙。微臣願意身受極刑，以償潛入後宮之罪。但在受刑之前，微臣有話想要告訴陛下。」
——有話想要告訴皇帝？
壽雪朝高峻輕瞥一眼。「說吧。」
高峻淡淡回應。郭皓恭謹地抬頭說道：
「當初微臣偽裝成凫軍，溜進了後宮，混在一群清除溝泥的凫軍之中……」
凫軍指的是從事肉體勞動的低階宦官。這些宦官的數量非常多，往往互不相識，有時為了傾倒廢泥而出宮，衛兵也不會阻攔盤問。郭皓告訴高峻，任何人只要裝扮成凫軍模樣，要混入後宮並非難事，而高峻得知了郭皓溜進後宮的方法後，也有助於加強今後的警備工作。
但是接下來郭皓說出口的話，卻連壽雪也大吃一驚。
「宮女們大多愛嚼舌根，微臣躲在草叢裡，聽了不少宮女們的對話。微臣原本只是想蒐集一些和小翠有關的消息，沒想到竟然聽到了天大的祕密。那天晚上，一名宦官與一名宮女躲在無人的樹後說話。他們說得隱晦不清，微臣原本聽不太懂他們在說些什麼，仔細推敲之後，微臣才發現他們密謀要毒殺陛下……」

「毒殺……」

在場所有人頓時大為緊張。壽雪望向高峻，卻發現他面不改色，依然是一副氣定神閒的模樣。或許細作早已把此事告知他了。

「……你是在哪裡聽到了這個祕密？」高峻語氣平淡地問道。

「金鴿殿庭園的角落。」郭皓回答。金鴿殿就是藏書樓。「那宦官與宮女躲在桂花樹後，微臣則是躲在附近的草叢裡。」

高峻一聽，點頭說道：

「金鴿殿的內書司有個宮女，從前是皇太后的侍女。至於那個宦官，原本也是皇太后身邊的人，現在則被貶到了內府局。從前皇太后那些宦官及侍女大多都已肅清了，如今只剩下少許殘黨。」

高峻頓了一下，接著又淡淡地說道：

「每個從前皇太后身邊的宦官及宮女，朕都安排了細作加以監視。朕知道這些人最近意圖不軌，可惜連細作也無法掌握足以將他們定罪的證據。那天晚上，有個細作發現那宦官及宮女在密會……」

高峻朝郭皓瞥了一眼，接著說道：

「但是從細作躲藏的地點，聽不見宦官及宮女的對話內容。他們談完了話之後便各自離去，不久之後，細作又看見附近草叢裡有一道人影倉皇竄出，往不同的方向逃走。服色看起來似乎是宦官，但黑暗中看不清楚。細作當下雖趕緊追了上去，可惜夜色太濃，竟然追丟了。所幸那個人逃得太倉促，竟掉了一樣東西在現場，就是這翡翠耳飾。」

——那就是高峻帶到夜明宮給壽雪看的耳飾吧。

郭皓驚訝得合不攏嘴。

「這麼說來……陛下早就知道他們的毒殺計劃？」

高峻搖頭說道：

「不，就像朕剛剛所說的，朕的細作沒有獲得明確的情報及證據。你是相當重要的證人，你的證詞具有舉足輕重的意義，朕很感謝你。」

郭皓看著地板，露出了複雜的表情。

「大家，這個人的所作所為，根本不值得您向他道謝。」

衛青在一旁冷冷地說道：

「如果他當初立刻把他的所見所聞向上呈報，我們根本不用那麼麻煩地尋找耳飾的遺落者。他一直沒說出這件事，只是因為害怕自己潛入後宮的行為遭受責罰。」

比起皇帝的性命，他更在乎的是自己的性命。衛青嚴厲地指出了這一點。

郭皓垂首說道：

「……當初微臣聽到宦官與宮女的對話，確實並不打算通報陛下。皇族奪走了微臣的未婚妻，微臣一直對皇族不抱好感。」或許是因為了無牽掛的關係，郭皓老實說出了自己的心境。一旁的衛青等人聽得勃然大怒。

「但是陛下為了救小翠，竟然費了那麼多的心思。而且若不是陛下一直留著小翠的耳飾，小翠的靈魂恐怕無法獲得救贖。為了報答這份恩情，微臣才把自己知道的事情說了出來。但是……如今微臣不禁想問，陛下如此盡心盡力，是真的想要救小翠，抑或只是想把微臣找出來，好獲得微臣的證詞？」

郭皓的眼神中流露出了失望之色。高峻沒有回答這個問題。

壽雪心想，應該不是吧。高峻不僅多年來一直珍藏著小翠所給的耳飾，而且曾親口懇求壽雪拯救小翠的靈魂。

由此可知，高峻的心中必然抱著拯救小翠的心願，這與想要找出郭皓是兩回事。

況且如果只是想要得到證人，高峻根本沒有必要說出細作的事情。只要不說出細作的環節，郭皓就會對高峻感激涕零，沒有任何埋怨。高峻是個聰明人，絕對不會愚笨到不明白這一點。但他還是決定說出所有的真相，想必是因為他認為不說的話有失公允。

——這個男人太耿直了。

壽雪終於明白了這一點。高峻是個不擅長表達感情的人，也不擅長傳達自己的真正想法。原因或許是母親死於非命，也或許是廢太子期間的生活太苦。

壽雪開口說道：

「……若僅為找汝，不必如此大費周章，亦不必求吾相助。然而若欲相救小翠，則非吾出手不可。此人曾向吾懇求，拯救小翠之幽鬼。」

這就是最好的答案。

郭皓望向壽雪，又看了看手裡的耳飾。只要冷靜思考，應該就能認同壽雪所說的話。

「微臣明白了……」

半晌之後，郭皓點頭說道：

「烏妃娘娘說得有道理。何況若非陛下，微臣也沒有辦法見到小翠。」

郭皓對著高峻磕頭，再度向高峻道謝：

「陛下，請原諒微臣的無禮，謝謝陛下為小翠所做的一切。」

「朕只是想要回報班鶯女的恩情。」

說完之後，高峻霍然起身。

「你可以回去了，今天的事情不能告訴任何人。」

「……咦？」

郭皓瞪大了眼睛。

「微臣可以回去了？微臣……不是應該被送交秋官府治罪嗎？」

秋官府是負責刑罰的公家單位，如郭皓所言，他犯下的確實是死罪。

「任何人未經許可擅入後宮皆是死罪，但若是受了皇帝的指示，當然不必受責罰。這次你是受了朕的命令，潛入後宮探聽宦官的動靜。」

——簡單來說，就是不予追究。

畢竟郭皓是重要的證人，總不能把他殺了。

沒想到郭皓卻大聲抗議：

「微臣不是為了求陛下饒命，才說出這些話……」

壽雪見郭皓情緒激動地大喊，不禁有點羨慕他的情感豐富。或許正因為他是這樣的男人，才會為小翠的事做到這種地步吧。

「朕說過，朕想要報答班鶯女的恩情。饒你性命，也是其中一環。」

高峻冷冷地說道。

「可惜就算朕這麼做，也沒有辦法讓班鶯女死而復生。」

在冷酷的背後，卻暗藏著無盡的寂寥。郭皓聽出了高峻話中的無奈，一時沉默不語。

「何況總不能為了這種事情，犧牲一個有能力的官員……接下來，只要能夠找到他們藏匿的毒藥就行了。」

高峻望向衛青，衛青略顯無奈地搖頭說道：「細作將金鴿殿及內府局都找遍了，什麼也沒有找到。」

壽雪心想，原來高峻已經查到了這個階段。

「照理來說，他們應該沒有任何管道能夠獲得毒藥。」

根據衛青的描述，那些宦官及宮女也很清楚自己隨時隨地受到監視，應該沒有機會能夠從宮外運入毒藥或武器。

「但他們既然訂下了毒殺的計劃，一定已拿到了毒藥。在逮捕他們之前，無論如何一定要扣押證據才行。當然也可以在逮捕後逼他們供出毒藥的藏匿地點，但如果有水面下的協助者沒有揪出來，毒藥極有可能會被銷毀。」

高峻頓了一下，皺著眉頭說道：

「依常理來想，他們應該不可能把重要的殺人道具藏在自己看不見的地方……」

而且要將東西藏起來而不被細作發現，能夠藏匿的地點應該相當有限。但細作就是找不出毒藥，而且也無法發現那些宦官及宮女們與其他協助者暗中聯繫的跡象。壽雪聽著高峻與衛青的對話，內心隱約感覺有一件重要的事情被遺忘了，在她腦袋的深處好像響起了一陣陣的鐘聲，試圖吸引自己的注意。

——金鴿殿……內書司的宮女……宦官……

到底是什麼事呢？這些字眼，自己似乎在不久前都曾聽過……

「內書司宮女……宦官……」

壽雪在嘴裡呢喃，在腦中拚命追循著記憶。到底是什麼關於內書司宮女的事情，在自己的心中留下了印象……？

「……啊！」

壽雪忽然發出驚呼，引來了高峻等人的目光。

「怎麼了？」

高峻問道。壽雪沒有回答，轉頭向身後的九九問道：

「九九，汝曾遭內書司宮女為難，還記得否？」
「咦？啊……」九九突然被壽雪這麼一問，急忙說道：「我記得。」
「該宮女與汝同為新進宮女？」
「呃，是的……」
「既是如此……」
「妳們在說什麼？」
高峻問道。九九見高峻朝自己望來，霎時滿臉通紅，說道：
「不是什麼大不了的事情，我知道有個內書司的宮女，與飛燕宮的宦官互通書信……糟糕！她叫我不能說……」
九九趕緊摀住了嘴。名義上宮女都歸皇帝所有，雖然宮女與宦官私下幽會並不會遭受處罰，但畢竟不能在公開場合說出來。
——但那宮女要九九不能說出去，理由恐怕並不單純。
「該宮女曾言道，她並非與宦官有私情，乃是代人遞送書信？」壽雪問道。
「是的……」九九點了點頭。
「命她代為遞送書信之人，想來應為上位之資深宮女，且必有相應之報酬。」

上位之資深宮女。高峻一聽到這句話，登時目光如電。

「九九，那宮女刻意為難汝，乃是一障眼法。」

「障眼法？」九九愣了一下。

「為掩蓋其遞送書信之行為。」

那宮女每次到飛燕宮都找九九的麻煩，實在有些不太尋常。何況一個新進的宮女能夠經常擅離工作崗位，也不太合理。但如果是上位的資深宮女指使她出去辦事情，那麼一切就說得通了。

「……與那名宮女互通書信的飛燕宮宦官，叫什麼名字？」

高峻以低沉而嚴肅的聲音問道。

九九嚇得縮起身子，神色緊張地回答：「他……他叫張易。」

「張易……從前皇太后身邊的宦官，並沒有這號人物。那麼負責遞送書信的宮女呢？叫什麼名字？」

「她叫李十四娘，名秋容，是太府寺丞的女兒……」

「委託她遞送書信的宮女又叫什麼名字，妳知道嗎？」

「我不清楚……」九九努力回想，忽然像是想到了什麼，視線左右飄移。「啊……不過她曾說過，有個宮女對她很好，還說過陣子還要幫她介紹，讓她成為某妃子的侍女……那個對她很好的宮女，好像叫辛氏吧……」

衛青聽到這個名字，驚愣地轉頭望向高峻。高峻僅是眉毛微微顫動了一下，雖然沒有明顯的表情變化，但壽雪還是看得一清二楚。

「辛氏曾是皇太后的侍女。」

高峻淡淡地說道。

「正是她與內府局的宦官暗中密會。張易可能是辛氏的戀人或朋友，兩人靠著新進的宮女互通書信。辛氏交給張易的東西，絕非只有書信而已……青！原來毒藥並非藏在金鴿殿或內府局，而是在飛燕宮！快派人搜索張易的房間！」

「遵旨！」衛青行了一禮，轉身走出書庫。

九九得知自己認識的宮女竟然參與了皇帝暗殺計劃，嚇得花容失色。此時壽雪說道：

「李秋容雖協助遞送書信，但應不清楚內情。彼女不似有此膽識，應是為侍女之職，遭人利用矣。」

「應該是吧……」九九有氣無力地點了點頭。壽雪轉頭望向高峻。高峻看著半空中，正陷入沉思。壽雪回想起剛剛高峻聽到辛氏這個名字時，臉上竟閃過一抹欣喜之色。

如今高峻的側臉有如池水一般靜謐，讓人難以窺探出其雙眸深處所隱藏的情感。

不久之後，內書司宮女辛氏及內府局宦官顧玄同時遭到逮捕。搜捕人員在飛燕宮的張易房間裡發現了一包劇毒之物「冶葛」。張易聲稱不知道那是毒藥，也對皇帝暗殺計劃全不知情，全是情人辛氏拜託他把那包東西藏在房間裡，別讓任何人發現，他只是照辦而已。

辛氏的父親為藥材的坐商人，因此她得以取得毒藥冶葛。在先帝時期，高峻的母親謝氏也是遭冶葛鴆殺而死。自從皇太后遭幽禁之後，辛氏就被調往內書司擔任閒職。後來顧玄拉攏辛氏共同密謀毒殺皇帝，辛氏答應了。但因為兩人皆受到嚴密監視，計劃難以執行，辛氏只好利用李秋容，將冶葛交給張易保管。

顧玄坦承受皇太后收買，訂定了這次的暗殺計劃。

當年陷害及謀殺班鶯女的宦官，也在同時遭到逮捕，他承認自己是受了皇太后的指使。

秋官府慎重審理以上各案，定讞了處死皇太后的判決。

壽雪察覺門外有人，抬起了頭。幾乎就在門扉開啟的瞬間，星星衝了出去。衛青面對猛撲而來的怪鳥，不慌不忙伸出手，揪住了星星的頸子，隨後高峻也跟著走進了門內。壽雪坐在絲帳後頭的床臺上，默默地看著這一幕。高峻來到帳前，朝著衛青下令：「放了牠吧。」

接著高峻將絲帳微微拉開。壽雪瞪了他一眼，說道：

「吾未准汝入內。」

「若不讓朕進來，何不上緊門閂？」

「……今夜為何復來？幽鬼之事已畢矣。」

壽雪說得冷淡無情，高峻毫不理會，朝帳內隨意左右張望，最後將視線停留在櫥櫃內的薰爐上。

「當初朕第一次來的時候，就覺得這房間裡的香氣太過濃烈，如今想來，那應該是為了掩蓋染髮藥劑的氣味吧？」

壽雪不禁雙眉緊蹙。難道他此番前來，就是為了講這句話？

「若無他事，可速去。」

壽雪說完，就要摘下髮髻上的牡丹花。

「先別急著趕人。」高峻傲然伸手制止。

「這次妳幫了朕大忙，朕特地帶了東西要賞賜給妳。」

「賞賜？金銀珠寶，吾全無興趣。」

高峻大剌剌地走進了帳內，站在壽雪的面前。壽雪心中驚疑，不禁把身體往後縮了縮。

「……汝意欲何為？」

高峻將手伸進懷裡，掏出了一只錦袋，扔在壽雪的膝蓋上。壽雪雖不滿於高峻的無禮態度，但基於好奇心，還是忍不住拉開了袋口。裡頭竟然是一整袋的棗乾。

「此等賞賜，無乃太微薄？」

簡直把人當成了三歲幼童。

「那不過是朕要來這裡之前，隨手拿起的東西罷了。要正式賞給妳的東西，會擇日造冊賜下。」

「不勞費心，吾有此物足矣。」

壽雪拿起一顆棗乾放入口中。越是咀嚼，獨特的甜味越是濃郁。

高峻在床臺上坐了下來。壽雪將身體挪向一邊，露出一臉「誰准你坐了」的表情。

「今天……終於結束了。」

高峻低聲呢喃。壽雪正想詢問詳情，驀然想起今天是皇太后的處刑之日。

高峻的視線在半空中漫無目標地左右飄移，顯得相當疲累。

「朕一直想要殺了她。」

高峻的聲音，有如從土牆上崩落的泥塊。

「那個女人以凶殘的手段殺了朕的母親，以及朕的摯友。」

「摯友？」壽雪只知道皇太后殺了高峻的母親，卻不知道高峻還有朋友因皇太后而死。

「但是朕告訴自己，絕對不能因恨而殺。一定要依循律法，給予正當的制裁。朕與皇太后不同，絕不做出卑劣的行徑。然而在朕抓到證據的那個瞬間，朕開心得不得了，心裡想著終於能將她處死了。」

高峻向後一仰，在床上躺了下來。壽雪正要斥罵，高峻卻似乎因為太累的關係，竟然閉上了眼睛。壽雪愣了一下，錯失了責罵的時機。

「到頭來，朕還是沒有辦法正正當當地將她殺死。」

高峻如此呢喃，微微睜開了雙眼。

「除了沒辦法救任何人的懊悔之外，朕的心裡什麼也沒有剩下。想要殺死那個女人的渴望，是朕長年來唯一的心靈依託。」

高峻轉頭望向壽雪，問道：

「上次妳曾說過，妳不恨任何人？但妳誰也不恨，如何維持心靈的平靜？」

壽雪低頭看了高峻一眼，接著移開視線。

「吾亦不知。吾曾一度有如空殼，乃是前代烏妃讓吾重拾人生希望。」

「……原來如此。」

高峻深深嘆了口氣。

「這麼想來，現在的朕正如同空殼。」

那聲音聽起來是如此乾涸。壽雪什麼話也沒說，心裡非常清楚這個男人今晚來到這裡，只是為了求一些安慰。但壽雪實在想不出可以用什麼話來安慰他。

高峻不知想到了什麼，忽然朝壽雪伸出手，伸到一半卻又將手縮了回去。接著他慵懶地坐起上半身，一邊鬆開領口，一邊說道：

「上次妳不是被一群宦官攻擊嗎？」

「咦？」

壽雪先是愣了一下，接著才想起，他指的應該是在前往洗穢寮途中遇襲的事件。

「那些宦官果然是受了皇太后的指使。皇太后知道妳是在替朕辦事，所以從中阻撓。」

「皇太后既受汝監視，如何能得知此事？汝之監視乃太過……」

壽雪說到一半，忽然想通了。不是監視太過鬆懈，而是高峻故意放出了消息，引誘皇太后上鉤。

「多虧了妳，朕才能從這條線索多找到一些皇太后的餘黨。但這件事一度讓妳陷入危險，朕要向妳道歉。」

高峻語氣平淡，聽起來實在不像是真心誠意的道歉。壽雪沉默不語，高峻接著又說道：

「朕本來以為只要派護衛暗中保護，應該就不要緊，真的對妳很抱歉。」

看來高峻心中確實抱持歉意，只是從表情上完全看不出來。

「……此事無須再言。」壽雪說道。

高峻眨了眨眼睛，凝視著壽雪。

「何故如此看吾？」

「……妳願不願意當朕的妃子？」

「咦？」

壽雪皺起了眉頭。

「汝非夜寐，何言夢囈？」

「這陣子太忙，確實沒什麼時間睡覺。但朕希望妳成為朕的妃子，可不是說夢話。」

「如何不是夢囈？吾乃烏妃……」

「並沒有任何律法規定烏妃禁止成為皇帝的妃子。」

「理所當然之事，何須律法規定？」

高峻心知肚明，這是絕不可能實現的事情。壽雪聽了這異想天開的要求，不由得有些發怒。自己不可能成為皇帝的妃子，不可能離開這個地方，也不能有任何奢望。但就算向眼前這個男人訴苦，也無濟於事，壽雪只是移開了視線，說道：

「吾不願再聽此瘋言瘋語，汝可速歸去。」

壽雪下了逐客令，高峻卻是動也不動。就在壽雪打算要強行驅趕的時候，高峻忽然伸手輕撫她的頭髮，壽雪一時緊張得全身僵硬。

「……當初在池畔看見妳的時候，朕還以為看見了女神。」

高峻閉上了眼睛，似乎在回想著當時的景象。

「反射著月光的銀髮是如此美麗，朕過去從未見過……」

壽雪聽著高峻在頭頂上輕聲細語，心裡一時沒了主意，不知該如何回應。正當壽雪的視線左右飄移之際，高峻竟然將臉湊了過來，更是讓她嚇得手足無措。

「汝要……」

……要做什麼？壽雪一句話還沒問完，高峻的身體竟往側邊傾斜，就這麼倒在床褥上。

「……咦？」轉頭一看，高峻閉上了雙眼，發出細微鼾聲，似乎已沉沉睡去。

「……喂！」

壽雪喊了一聲，高峻還是沒有睜開眼睛，鼾聲反而更響了。

「喂！速速醒來！此為吾床，非汝夜寐之處！」

高峻非但沒有轉醒的跡象，而且還抓住了壽雪的頭髮。隨著壽雪的拉扯，高峻非但沒有放開，反而抓得更緊了。

「衛……衛青！吾知汝在外頭！此人睡矣，速速帶回！」

帳外傳來了衛青的聲音。

「妳要我把大家喚醒？我可不能做這種冒犯聖駕的事情，大家最近有多麼疲累，不是妳能夠想像的。請展現妳的豁達大度，讓大家在這裡好好休息吧。」

「……何出此戲言？此人夜睡吾床，吾該睡於何處？」

「妳可以睡在地板上。」

衛青說完之後，就離開了帳邊。回想起來，他對壽雪的態度一直充滿著敵意。

「呔……」

壽雪朝帳外瞪了一眼，接著無奈地低頭望向高峻。這傢伙竟然在別人的床上呼呼大睡，還抓著別人的頭髮不放。

幸好要將他趕走並不困難。壽雪摘下了髮髻上的牡丹花。只要輕吹一口氣，不管高峻是睡著還是醒著，都會在一瞬間被送出門外。

壽雪忍不住看著睡夢中的高峻。為什麼他能睡得如此安詳？

手掌心的牡丹花幻化成了淡紅色的火焰。壽雪以雙手手掌將火焰包住，移到高峻的頭上。一放開手掌，火焰又化成了閃爍著微弱光彩的花瓣，朝著高峻的頭頂灑落。

「……僅此一次，下不為例。」

壽雪呢喃道。

「今夜汝將作一美夢。」

花瓣一碰到高峻的身體，便消失無蹤了。

今晚他到底作了什麼樣的美夢，連壽雪也不知道。

花笛

二更時分❶，壽雪走進寢室後頭的一條通道，拉開一道綾羅簾帳。帳後是一間小房間，牆邊安置著一座神壇。

壽雪朝著燭臺輕吹一口氣，登時出現了宛如煙霧一般的白色火焰，在蠟燭上頭微微搖曳。明明房中沒有薰香，空氣中卻瀰漫著一股宛如麝香的濃郁香氣。

壽雪在神壇前垂首祝禱。神壇後方的牆壁上，畫著一幅壁畫。壁畫中所畫之物貌似一巨大的黑色怪鳥，卻有著四枚泛著光澤的翅膀，軀體像野豬，腳像蜥蜴，頭部卻是美麗的女性，肌白唇紅，髮髻上裝飾著金銀珠玉。

那正是來自海洋另一頭的女神——「烏漣娘娘」的畫像。烏漣娘娘是掌管黑夜及萬物生命的神祇。

烏漣娘娘的周圍有著大小不同的各種鳥禽。除了燕子、星鴉、樹鶯、鴛鴦之外，還有各種叫不出名字的小鳥，那都是烏漣娘娘的眷屬。

壽雪摘下髮髻上的牡丹花，放在神壇前的白琉璃器皿上。就在這時，不知何處傳來一陣鈴聲，下一瞬間牡丹花便消失了。壽雪轉身走出小房間，燭臺上的白色火焰同時熄滅。

回到寢室一看，星星正拚命拍著翅膀。壽雪望向門扉，果然是有了來客。

「……烏妃娘娘在嗎？」

那是柔弱的女子嗓音。

「何事相詢？」壽雪冷冷地問道。

「欲求烏妃娘娘相助。」對方說出了熟悉的詞句。

每個前來拜訪烏妃的女人，都會說出這句話，簡直就像是一種暗號。打從上一代烏妃還在的時候，壽雪便已不知聽過這句話多少遍。

「……進來。」

壽雪一翻手掌，那門扉自行開了，門外站著數人。門邊一名女子身穿侍女服色，剛剛那兩句話應該就是她喊的。侍女的身後有另一名女子手持翳扇遮住了口鼻，應該就是這一行人的主人。其身邊還站了另一名同樣身穿侍女服色的宮女，以及兩名手持燭臺的宦官。手持翳扇的女主人緩步走進了門內。女主人有著一對晶瑩冷澈的雙眸，眼睛的下方有一顆黑痣。那看起來是真的痣，並非刻意點上的。她高高綰起的髮髻上插著七寶髮簪，雖然衣著稱不上貴氣逼人，但舉手投足看起來並不像低階的妃嬪。最奇妙的一點，是那女人的腰帶上掛著一只

1　約晚上九點至十一點之間。

花笛。所謂的花笛，指的是一種用來弔唁死者的圓形玉笛。那女人腰帶上的花笛有著木蓮花的外型，看起來精緻美麗，堪稱是花笛中的精品。但即便如此，拿來當作裝飾品還是不太自然。一般貴族女性掛在腰帶上的裝飾品大多是玉珮或彩絲。

宦官拉開椅子，讓女主人坐下。壽雪沒有跟著坐下，而是正眼凝視著女人。

這女人不僅眼神透著一股冰涼感，就連面容及舉止也像是一股清爽的涼風。薄荷色的衫襦，配上銅綠色的裙子，披帛則是有如晚霞般的薄絲。這一身清新爽朗的裝扮，與她的風貌可說是相得益彰。

「何不就坐？」

女人的聲音正如同她的面貌，清爽而穩重。她以手勢比著對面的椅子，請壽雪坐下。壽雪於是坐了下來，但視線依然停留在女人的臉上。女人使了個眼色，侍女們會意，安靜無聲地退到門邊。接著女人面對壽雪說道：

「我是雲家的女兒，名花娘，為鴛鴦宮的主人。」

大多數拜訪夜明宮的女人都會隱瞞自己的身分，沒想到眼前這個女人一開口就自報身分，這讓壽雪感到有些意外。但是更讓壽雪感到驚訝的一點，是這女人的身分之高。

鴛鴦宮的主人一般被稱為鴦妃，乃是地位僅次於皇后的二妃。

而且由於高峻還沒有冊立皇后，鴦妃是目前後宮裡地位最高的妃嬪。壽雪不禁感到好奇，堂堂的鴦妃來找自己做什麼？

「有何事？」

壽雪惜字如金地問道。花娘沒有回話，只是目不轉睛地打量著壽雪。很少有妃子會做出這種率直又毫無顧忌的舉動。

「陛下似乎常來找妳？」花娘以略帶戲謔的口吻說道：「為了何事？」

壽雪不禁蹙眉說道：

「偶爾來此，不久便離去，吾亦不知他有何事。」

翡翠耳飾的事情結束之後，高峻還是常來拜訪壽雪，這令她感到相當困擾。

花娘似乎看出了什麼，點頭說道：「陛下只是想找妳說說話？」

「吾與他無話可說。」

「陛下沒有像其他人一樣，向妳拜託事情？」

壽雪望向花娘。由於花娘的身材較高瘦，壽雪必須仰頭看她。

「委託之事實有之，但吾不可言。」

花娘略一思索，皺眉說道：

「……陛下拜託妳做的事，應該不是咒殺某個人吧？」
壽雪將頭歪向一邊，不明白她為什麼會這麼問。
「他為皇帝，取人首級易如反掌，何須仰賴咒殺？」
花娘瞇著眼睛笑了，心滿意足地點頭說道：
「這麼說也沒錯，但後宮就是有很多人連這麼簡單的道理也不懂。」
「何作此言？」
「陛下處決了皇太后。有人把這件事說成了陛下委託烏妃咒殺了皇太后。」
壽雪又將頭歪向另外一邊，說道：
「既是處死，與咒殺何關？此說法於理不通。」
花娘一聽，笑意更濃。
「對有些人是不能講道理的。這樣的謠言，說穿了是源自對妳的嫉妒。」
「對吾的嫉妒？」
「陛下很少臨幸妃嬪，卻常來這裡見妳。」
壽雪皺起眉頭，一股不舒服的感覺油然而生。
「他來見吾，可非臨幸妃嬪。」

「我知道，烏妃並不是一般妃嬪。」花娘煞有介事地點頭說道：「陛下常來見妳，必定有他的用意。」

高峻來見壽雪有什麼用意，壽雪並不清楚，只知道那個人有時會帶來一些點心糕餅，有時甚至會在壽雪的床上小睡一會兒。

「汝今日來此，亦是探刺敵情？」

壽雪問道。花娘低頭輕輕一笑，說道：

「我只是來確認一下。畢竟這後宮歸我所管，我總得知道狀況。」

最上位的妃嬪，就如同後宮的主人。換句話說，花娘有權力維持後宮的秩序。

「今天和妳見上這一面，讓我安心了不少。」

花娘說完之後站了起來。

「汝既無事求吾，何言有事相求？」

難道進門前那句話，只是個藉口？花娘瞥了壽雪一眼，動起雙唇卻沒有發出聲音。依那嘴形似乎是「我明天再來」。

壽雪心想，或許是不希望讓侍女們聽見吧。但願別是太麻煩的委託。

花娘轉過了身，腰帶上那花笛與垂在底下的流蘇再次吸引了壽雪的目光。

宦官重新點亮燭臺，一行人就跟來時一樣，靜悄悄地離開了。

「……花娘娘真是美若天仙。」

原本一直站在角落不敢造次的九九，此時終於吁了口氣，來到壽雪的身邊。她依然是烏妃的侍女，壽雪並沒有讓她離開。

「花娘娘？」

「後宮的人大多這麼叫她。」

「名為『花娘』，故喚作『花娘娘』？」

「這當然也是原因之一，但還有另外一個原因，就是她隨時隨地都在腰帶上掛一隻花笛。想起來真是不吉利呢……」

花笛原本的用法，是當家裡有人過世時，家人們會在該年冬天接近尾聲之際，將花笛懸吊在屋簷下。等到春天來臨，春風將花笛吹得呼呼作響，便象徵故人回來探望家人了。花笛的材質大多是玉或陶土，雕刻或捏塑成花的形狀，中間有氣孔，風一吹就會發出高亢而尖銳的聲響，有如鳥鳴聲。

「何故配戴花笛？」

「誰也不知道理由，花娘娘從來不說。」

「噢？」

真是個奇怪的妃子。除了身上攜帶花笛之外，還有另一點讓壽雪感到不解，那就是她不像其他來到夜明宮的女人那樣懷抱著滿腔的痴情怨恚，反而像是一道凡事不縈於心的清涼微風，來去不留牽掛。她到底是什麼樣的人物？

「花娘娘明知道陛下經常來這裡，卻一點也不生氣，真讓人佩服。」九九稱讚道。

「應是明白帝來此僅為消磨時間，別無他意。」

「不，娘娘。那是因為花娘娘與陛下心意相通，所以不會拘泥於這種小事。」

「她既為二妃，與帝心意相通亦合常理。」

「娘娘，這您有所不知。陛下與花娘娘可是青梅竹馬。如果我沒記錯的話，花娘娘的年紀比陛下長了三歲。」

「青梅竹馬？」

「花娘娘是雲宰相的孫女，雲家是五姓七族之一，那可是得不了的名門世家。打從陛下還是皇太子的時期，雲宰相就是陛下身邊的近臣，因為這層關係，陛下與花娘娘小時候經常玩在一起。畢竟有了這麼多年的感情，不管陛下做了什麼，花娘娘都不會生氣。」

「原來如此。」壽雪隨口應答。

「娘娘，您對後宮的事情一點也不關心，和您聊天真沒意思。」九九不滿地說道。

壽雪對後宮的人際關係一點興趣也沒有，只對花娘身上所掛的花笛有點興趣。壽雪讓九九退下休息，自行躺在床上回想著剛剛花娘所說的那句話。如果沒看錯的話，花娘說的是「我明天再來」。明天她到底打算委託什麼樣的事情？

✿

隔天早上醒來，壽雪下了床，睡衣也沒換下，就走向廚房。老邁的婢女正蹲在灶邊生火，蘇紅翹則站在旁邊切芹菜。她們看見壽雪，恭謹地作了一揖。蘇紅翹恢復健康後，壽雪一直把她留在夜明宮裡。畢竟廚房裡的事情只有一個老婢女負責，也不太安心。壽雪走向廚房角落的大水甕，取柄杓舀了些水，倒入銀盆之中。正要搬回房間，背後突然響起聲音。

「娘娘！我不是說過，盥洗用的水由我來準備嗎？」

那人正是九九。壽雪此時披頭散髮，幾乎蓋住了整張臉，只把頭稍微轉向九九，只聽見九九繼續說道：

「早上這些工作，由我來做就行了。不然的話，我在這裡有什麼意義？」

九九畢竟名義上是侍女，因此總是搶著做壽雪身邊的大小雜事。

「此等小事，吾可自為之，無須他人相助。」

「但那是我應該做的事……」

九九露出了一臉沮喪的表情。壽雪迫於無奈，只好說道：「汝可為吾備妥早膳否？此事應為汝之所長。」九九登時如魚得水，喜孜孜地答應了。壽雪回到房間，不禁嘆了一口氣，有些後悔自己不該招惹這種麻煩事。

實在不該留外人住在這夜明宮內。不管是紅翹還是九九，事情結束之後，本該讓她們回歸原來的安身之處。一旦在夜明宮裡待久了，她們遲早會發現壽雪的身世祕密。雖然高峻目前睜一隻眼閉一隻眼，但如果消息洩漏出去，恐怕就連皇帝也難以維護。前朝皇族一律誅殺，這是律法中記載得清清楚楚之事。

然而如今的壽雪，已經習慣於生活中有著九九那有如雲雀一般的聒噪聲音，以及紅翹那默默守護的眼神。那種感覺已經滲入了壽雪的五臟六腑。一旦宮裡少了她們，就好像置身在寒冬之中，一陣陣刺骨寒風從腳下直往上竄，彷彿連心靈也要為之凍結。

——與人心意相通，終必招來橫禍。勿怪吾無情，此實為保命之道。

上一代烏妃麗娘曾說過的話，如今依然迴盪在壽雪的心頭。千萬不要在身邊安排侍女，婢女也只要一個就夠了，她一再如此警惕壽雪。真心接納的人越多，自己的處境就越危險。

壽雪以銀盆裡的水洗了臉，取毛巾擦乾，接著穿上黑衣，綰起髮髻，坐在裝飾著螺鈿的八角鏡前。雪白的臉孔上，銀色的睫毛微微搖曳，流露出一絲惆悵的氛圍。這張臉無論如何不能被九九瞧見。壽雪化好了妝，將頭髮仔細檢查了一遍，確定沒有脫色，這才安心地離開鏡子前。

拉開絲帳一看，早膳已放在小几上。有一碗加入了芹菜及松果的粥，以及一顆饅頭。壽雪正吃著，九九又送上來一碗熱豆漿。

「要不要再來一碗？」

「不必。」壽雪一邊吃著饅頭，一邊搖了搖頭。

不僅身世被高峻發現，而且如今還與九九一同生活……壽雪確實感覺自己的處境越來越危險了。未來自己將面臨什麼樣的下場，壽雪自己也不知道，只感覺道路的前方彷彿籠罩著一片漆黑的帳幕，令心頭陰霾不開。如果向烏漣娘娘詢問，不知能否得到答案？

說到底，都是高峻的錯。自從他來訪之後，自己的身邊就多了一些麻煩事。

這天晚上，始作俑者又來了。

「聽說花娘來找過妳？」

高峻劈頭便這麼問。他的身後同樣只跟著衛青一人。只見高峻一派悠哉地坐在椅子上，彷彿把這裡當成了自己的房間。壽雪皺眉說道：

「此亦汝之過也，勿在此逗留，快往妃嬪處去才是上策。」

「朕也不想讓人說閒話，其他妃嬪宮裡也是會去的。」

「今後勿再來吾宮，可速去。」

「花娘拜託了妳什麼事？」

高峻對壽雪的怨言充耳不聞。

「……並無一字相求，只言今日將復來。」

「是嗎？」

高峻僅這麼應了，也沒再追問，彷彿他心裡很清楚花娘會委託壽雪什麼事。

「汝知她欲求吾何事？」

高峻愣了一下，說道：

「多半是那件事吧。」

從高峻那不帶絲毫感情的臉孔，實在難以推測他心中的想法。壽雪不禁心想，這個男人就像寒冬。任何時候總是端凝不動，雖然向陽處有著些許暖意，但陰暗處卻彷彿有什麼東西正沉睡著。

「鴦妃她……」

一句話還沒有說完，壽雪忽然轉頭望向門口。星星開始振翅喧噪。

「……是我。」

門外傳來花娘的聲音。

「能開門嗎？」

壽雪輕輕一招手，門扉登時開了。花娘就站在門外，後頭還跟著兩名侍女。花娘朝侍女們使了個眼色，獨自走進門內，侍女們依然站在原地不動。片刻後門扉闔上，花娘繼續邁步走向兩人，朝高峻施了一禮。

高峻也站了起來。

「既然妳有事來求烏妃，朕就先離席吧。」

「不，陛下請安坐。」

花娘笑著說道。堂上只有兩張椅子，九九及紅翹趕緊從其他房間搬來一張椅子，讓花娘坐下。

「妾身希望陛下也一起聽呢。」

「……既然妳這樣說……」

高峻又坐了下來。壽雪觀察兩人的互動，似乎花娘掌握了主導權，兩人的關係與其說是夫妻，其實更像是姊弟。而且這氛圍顯然並非僅源自於年齡的差距。到底這兩人之間，藏有什麼樣的祕密？

「我想先請烏妃看樣東西。」

花娘解下腰上的花笛，放在小几上。那花笛以玉雕成，上頭帶了點青瓷之色，造型似木蓮花，花瓣上開了數孔，可發出聲響。

「這花笛是為了某故人所做，卻從來不曾響過，妳能幫我查出原因嗎？」

壽雪拿起花笛細細查看。外觀精緻完整，毫無瑕疵缺損。

「是否因為那故人沒有回到我的身邊，所以這花笛才不鳴叫？」

「……此故人與汝是何關係？」壽雪問道。

「他是我的情人。」

花娘說得面不改色。

壽雪朝高峻瞥了一眼。高峻的表情沒有絲毫變化，似乎是早已知道了。

「他叫歐玄有，於三年前過世。打從那年春天起，我就吊起了這花笛，等著他的靈魂回到我的身邊……」

但是花笛一次都沒有響過。

「為什麼？為什麼他不回到我的身邊來？」

花娘雖然口氣平淡，卻在壽雪的面前第一次流露出了真實的感情。

都在這裡了。壽雪不禁心想，原來她把感情都用在這個地方，用在已逝的情人身上了。

壽雪又瞥了高峻一眼，接著望向花笛。

「烏妃，妳有沒有辦法讓這個花笛發出聲音，將那個人的靈魂召喚到這裡來？」

「此即是汝欲求吾之事？」

花娘點頭說道：「沒錯。」

壽雪將手中的花笛放在小几上，說道：

「既是如此，吾可試為汝招此人魂魄。」

花娘一聽，登時興奮地睜大了雙眸。「妳做得到？」

「吾自極樂淨土招人魂魄，僅以一次為限，汝須銘記在心。」

壽雪從櫥櫃裡取出筆硯，一邊磨墨，一邊問道：「玄有為此人之字？」

「沒錯。」

「名為何？」

「宵。」

壽雪從懷裡取出一枚蓮瓣形的紙片，在上頭寫下「歐宵」兩字，將紙片放在小几上，並將花笛放在紙片上。接著壽雪從髮髻上摘下牡丹花，朝花上輕吹一口氣。牡丹花化為一道煙霧，將花笛團團包圍。花笛逐漸與煙霧同化，不一會兒便消失無形。花娘緊張地站了起來，但她轉頭看了壽雪一眼，又坐回椅子上。壽雪將右手伸進了煙霧之中，那煙霧冰涼而柔軟，有如一團細緻滑順的泥漿，纏繞在壽雪的指縫之間。壽雪的右手做出了拉扯絲線的動作，但拉了一會兒，壽雪忽感到有些不對勁，不禁皺起了眉頭。

——這是怎麼回事？

壽雪抽回右手，輕吹一口氣，那煙霧散了開來，花笛的形體也逐漸顯現。就在煙霧散盡的時候，花笛也完全恢復了原本的形狀。

「無魂可招。」壽雪無奈地說道。

「咦？」花娘吃驚地問道：「什麼意思？」

「汝欲招之魂魄，不在極樂淨土，因而遍尋不著。」

「可是……」

「玄有若非依然在世，即是魂魄因故而無法受招。」

花娘登時滿臉疑惑，一對瞳孔微微顫動。

「他絕對不可能還活著，我親眼見到了他的遺體，何況喪禮都辦完了。妳說魂魄因故而無法受招，會是什麼樣的緣故……？」

「吾亦不知。過去吾未嘗遇此異狀。」從前麗娘曾說過招魂可能會因一些特殊狀況而無法成功，但壽雪到目前為止還不曾失敗過。

「此人如何過世？」壽雪問道。

回答這個問題的人竟不是花娘，而是高峻。

「三年前，玄有被派往歷州，擔任刺史底下的參軍。但歷州爆發叛亂，玄有運氣不好，遭飛石擊中頭部，就這麼丟了性命。」

高峻聲稱他與歐玄有是知己好友，玄有的遺體被送回來時，他也曾親眼見過。當時高峻還未當上皇帝。

「玄有是個優秀的官員，因此被派往歷州。當時歷州正盛行一種名為『月真教』的詭異宗教，據說信徒與朝廷官員暗中勾結，朝廷為了調查此事，因而更換刺史，沒想到信徒竟發動了叛變。」

最後朝廷成功鎮壓叛亂，月真教也瓦解了。

「『月真教』……吾不曾耳聞。」

在民間，有人聲稱接到神的旨意而興建新廟，或是將撈上岸的流木當成神明一般膜拜祭祀，都是稀鬆平常的事情。像這種新廟或許比祭拜烏漣娘娘的廟還多。民眾祭祀烏漣娘娘的歷史雖然悠久，卻已不是當今的流行宗教。

「月真教雖有『月』字，但並非崇拜月亮的宗教。信徒們是把一個號稱『月下翁』的人物當成了活神仙一般祭拜。據說月下翁這個人物能洞悉過去及未來之事，但或許只是巫術師之流，也可能只是個招搖撞騙之徒。朝廷鎮壓了叛亂之後，以蠱惑人心之罪將他逮捕，施予杖責之刑，最後將他流放。」

「巫術師……」

自稱巫術師之人在民間並不罕見，有些巫術師真的會施展高難度的咒法，但也有不少是有名無實的騙子，不曉得那月下翁是哪一種？

壽雪沉吟半晌後朝高峻說道：

「吾欲知此月下翁之詳情。」

「月下翁……？好吧……」

高峻繼續談起了月下翁這號人物。月下翁在遭受杖責之刑後，很可能早已不在人世了。所謂的杖責之刑，是以堅硬的長杖責打一百下，幾乎等同於死刑。就算責打完的當下沒死，也只剩下半條命，絕大部分的受刑者都會在受到釋放的不久後斷氣。

花娘將那花笛小心翼翼地捧在手裡看了一會兒，朝壽雪問道：

「這花笛能有響起的一天嗎？」

壽雪猶豫了好一會兒，最後老實說道：「吾實不知。」

花娘輕輕一笑，在花笛上撫摸一會兒，說道：「這件事就麻煩妳了。」

說完這句話後，花娘以輕盈的動作站了起來。她轉身走向門口，長袖在身後翻舞，就連衣物摩擦的聲音也格外悅耳動聽。

花娘帶著侍女們離去之後，壽雪以側眼朝高峻一瞥，問道：

「此女何以在後宮之中？」

「什麼？」

高峻聽見壽雪這麼問，眉毛輕輕抖了一下。

「這麼問是什麼意思？」

「此女至今仍依戀過世情人，對汝毫不隱瞞，汝亦不追究，汝兩人絕非夫妻。」

難怪從花娘身上完全感受不到對高峻的痴情怨恚。

高峻那面無表情的臉孔，此時閃過了一抹尷尬之色。

「……花娘與朕情同姊弟。」

「何以讓她入後宮？」

「花娘的祖父既是朕的近臣，也是朕的老師。要讓君臣關係更加緊密，這是最好的方法，而且……」

高峻朝花娘離去的門扉瞥了一眼，說道：

「自從玄有過世後，花娘便不知該何去何從。原本想要嫁的人死了，花娘自然得另嫁他人。但花娘絕對不會答應……」

如果強迫她嫁人，她搞不好會以死明志，與其讓事情鬧大，不如讓她進後宮來。

「在這裡，她能夠安靜地過日子，沉浸在過去與玄有的回憶之中……」

高峻嘆了口氣，接著說道：「可惜事與願違，沒想到竟然會發生花笛不響這種事情……那花笛應該沒有瑕疵吧？」

壽雪聽高峻問得殷切，雖然心中狐疑，還是點了點頭。

「那就好……其實那花笛是朕雕的。」

「汝……離的？」壽雪驚訝得連聲音都變了調。她輕輕咳了一聲後，才接著問道：「汝命人所雕？」

「不，是朕自己雕的。有時為了轉換心情，朕會製作一些小東西。從前有人教過朕。」

每個人都有一項與生俱來的長處，高峻聲稱自己的長處就是有一雙巧手。

「要不要朕也幫妳製作點什麼？」

由於高峻的臉上完全不帶感情，實在看不出來他是認真的，還是在說笑。

「不勞費心。」

壽雪說得斬釘截鐵。站在高峻身後的衛青突然兩眼透出一陣殺意。

「若無他事，汝亦可速去，切莫再來。」

「朕還會再來。」

高峻完全把壽雪的話當成了耳邊風。

「此宮非帝應涉足之地，烏妃與帝實為水火不相容。」

高峻一聽，微微皺眉問道：「為何這麼說……」

壽雪伸手一揮，打開了門，以無言的動作要求高峻立即離開。高峻只好乖乖站了起來。

如果反抗的話，壽雪可能會施展法術，將自己直接扔出門外。

高峻與衛青離去之後，壽雪愣愣地坐在椅子上，陷入了沉思。為什麼那花笛會無法發出聲音呢？

✿

隔天早上，壽雪吃完了早餐，換上高峻所給的宮女襦裙，走出了夜明宮。要在後宮內遊走，這可說是最方便的裝扮。

「娘娘！請等一下！」

壽雪快步走在前頭，九九緊跟在後。

「您真的要去花娘娘那裡？」

「無須多言。」

兩人走在白鵝卵石路上，前方出現了一座壯觀華麗的殿舍。屋甍上有著鴛鴦飾瓦，垂吊的燈籠上也繪著鴛鴦圖騰。塗著朱漆的殿柱耀眼奪目，與蔚藍的天空互相輝映。殿舍的周圍環繞著月月紅的籬笆，散發著甘甜清香。壽雪踏著殿舍前方的白鵝卵石，走向殿門。

「如果我們夜明宮也能種些花草就好了……」

九九看著種植在白鵝卵石地面旁的月月紅，以羨慕的口吻說道。

「夜明宮不能栽花種草。」

「咦？真的嗎？為什麼？」

壽雪正要解釋，背後突然傳來說話聲。

「喜歡的話，要不要帶一點回去？」

原來是花娘來了，身後還跟了一大群的侍女。身為妃子，這樣的排場似乎是理所當然。花娘指示身邊的侍女，剪了一枝月月紅，細心挑去尖刺，遞到壽雪面前。壽雪接過那朵紅花，插在九九的髮髻上。那花兒還是含苞待放的狀態，並未完全盛開，恰好適合九九的形象。九九露出了羞赧的笑容。花娘接著又命侍女剪了另一枝，遞給九九，九九這次將花插在壽雪的髮髻上。

「娘娘，這朵花很適合您呢。」

壽雪看不見自己頭上的花朵，以指尖輕觸花瓣，說了一聲「謝謝」。一股若有似無的暖意，自花瓣輕輕流入指尖。

「請進。」

花娘以手勢請兩人入殿。壽雪與九九隨著花娘走過殿前的白鵝卵石路，一大群侍女在後頭依序跟上。壽雪轉頭望向連結鴛鴦宮與隔壁殿舍的長廊。從剛剛就不斷有宮女在那長廊上匆忙來去，每一名宮女的手上都捧著大小箱子。

「那是一些海商獻上來的東西。」

花娘朝壽雪的視線方向望去，如此說道。

「琉璃器皿、銀盤、玉帶……全是些來自大海另一頭國家的古怪玩意。」簡單來說，就是平日與後宮有所往來的貿易商人獻上來的奇珍異寶。「妳們有興趣看看嗎？」花娘問道。壽雪搖了搖頭，九九霎時露出一臉遺憾的表情。

一行人進入花娘的房間，花娘旋即要侍女們全都退下，前往協助整理海商獻上的貢品。

「烏妃今日前來，乃是為了花笛的事情？」

花娘一邊問，一邊親自為兩人燒釜煮茶。房間的地上鋪著柔軟的花毯，屏風上有著華麗的綴錦裝飾，鋪在小几上的花布上頭繡著栩栩如生的鴛鴦。

「願聞歐玄有之事。」壽雪說道。

花娘原本正拿著湯匙攪拌著釜內的茶湯，一聽到這句話，驟然停下了動作。

「妳想聽……玄有的什麼事？」

「但汝所知之事，皆請不吝告知。」

月下翁的部分，只能請高峻代為詳查。但歐玄有的部分，壽雪打算親自蒐集訊息。

「玄有……他給人的感覺，就像一杯溫茶。」

花娘看著釜內的茶湯，臉上漾起了微笑。

「既溫暖，又溫和……雖然抱持著熱情，卻從不讓自己的熱度燙傷任何人。可惜……溫茶能維持在最適當溫度的時間很短。有如溫茶一般的玄有，生命也是如此短暫。」

花娘舀了一杯茶，遞到壽雪面前。

「溫茶有益於身。」

壽雪說完這句話，先朝杯子輕吹數口氣，讓溫度降低之後，才緩緩喝下。頓時清香入鼻，一股暖流在胸腹之間擴散。

「他並非名門世家出身，乃是自進士慢慢往上爬的實力派官員。祖父很器重他，當初將他派往歷州，也是希望他能夠在那裡好好表現，將來回到朝廷擔任要職。他知道如果想要娶我，官階一定要夠高才行，所以興高采烈地出發了。早知會是這樣的下場，當初應該阻止他才對……我根本不希望他當什麼大官……」

花娘聲音打顫，沒辦法再說下去。裊裊霧氣之中，她的臉孔似乎開始扭曲變形，她端起茶杯，一口氣喝乾了裡頭的茶。

「……茶不該這麼喝。」

她又舀了一杯，這次則是細心吹了一會兒，才慢慢開始啜飲。

「他的靈魂或許還在歷州飄蕩，找不到回來的路呢。明明是個腦筋相當好的人，卻也有著冒失的一面……」

「魂魄迷途不知歸路，乃是常有之事。」壽雪說道。

花娘驀然抬起了原本看著茶杯的視線。

「真的嗎？既然是這樣的話，難道沒有辦法將他引導回來？」

「可招其魂，將其送往極樂淨土。」

花娘一聽，雙眸登時閃過了一抹希望之色。壽雪不禁有些後悔，不該說得那麼簡單。玄有的魂魄不是迷了路，而是遍尋不著，如今根本不知道在哪裡。或許是因為見花娘神情哀戚，所以才會說出這種鼓勵她的話吧。當初麗娘在世時明明告誡過，千萬不能對前來向烏妃委託事情的人寄予同情……

至少在前一陣子，壽雪絕對不會說出那樣的話。原本的壽雪，從來不與任何人有任何交集。壽雪心裡明白，一旦產生私情，必定會惹上麻煩。別的不說，光是喪失客觀的判斷能力，就會讓自己陷入不知如何是好的窘境……

「……烏妃對陛下有何看法？」

花娘問出這句話的時候，壽雪正有些心煩意亂，一時之間竟不知如何作答。

「……為何以此話相詢？」

「自從陛下見了烏妃之後，就變得有些不一樣了。」

壽雪歪著腦袋，不曉得花娘這麼說是什麼意思。花娘接著解釋道：

「因為某些緣故，陛下很少表露出情感。但只要是關於烏妃的事，陛下的反應總是特別明顯。」

「在吾面前，皇帝同樣面無表情。」

花娘面露微笑，說道：

「在妳面前，或許如此吧。但每當陛下與我談到烏妃的話題，總是會變得感情豐富。」

壽雪不禁心想，這應該是因為高峻與妳的交情非比尋常，與自己無關。但因為嫌麻煩的關係，壽雪決定岔開話題。

「此人感情豐富？吾實難想像。」

壽雪說完之後，啜了口茶。

花娘露出些許寂寞的笑容，說道：

「或許現在很難想像……但是陛下小時候也曾是個喜怒分明的孩子。自從發生了丁藍的事情之後，陛下才變得不再輕易表達感情……」

「丁藍？」

「妳不知道？」

壽雪搖了搖頭。花娘遲疑了一會兒，含糊說道：

「丁藍是打從陛下小時候就服侍陛下的宦官。雖然只是一名宦官，卻深受陛下景仰……可惜後來死得相當慘。」

凶手當然是皇太后。花娘如此告訴壽雪，或許是回想起了當初的景象，花娘的臉上籠罩著一層陰霾。

壽雪驀然想起，在皇太后遭處死的當天晚上，高峻曾說過「那個女人殺了朕的母親，以及朕的摯友」這句話。那個女人指的當然就是皇太后。

「……高峻所言之『摯友』，便是此人？」

花娘抬起了頭，眨了眨眼睛，點頭說道：

「沒錯……陛下常說丁藍是他的摯友。」

但是說完之後，花娘又壓低了聲音說道：

「在陛下面前請別提這個名字，免得他心裡難過。」

可想而知，丁藍的死對高峻造成了多大的打擊。壽雪忍不住回想起了那天晚上的高峻，但她馬上甩甩腦袋，將這些想法拋諸腦後。高峻的內心世界，並非自己應該干涉之事，一旦過度深入，難保不會流於私情。

「吾不與他閒話家常，何來機會提及？」

壽雪冷冷地說完之後站了起來。

「妳要回去了？」

花娘也跟著起身。一旁的九九見壽雪快步走向門口，趕緊從後頭跟上。

壽雪下了階梯，正要離開殿舍，忽然感覺不太對勁，不禁停下腳步，轉頭望向隔壁的殿舍。此時依然有不少宮女來來去去，忙著整理貢物。

剛剛明明感覺到了一絲幽鬼的氣息……或許是錯覺吧。壽雪歪著腦袋，如此告訴自己。畢竟那氣息若有似無，而且一閃即逝，現在已經完全感覺不到了。像這樣時隱時現的幽鬼，其實在後宮為數不少。或許剛剛感受到的，也是其中之一吧。總不可能每次遇到，都要查個清清楚楚。

壽雪重新邁開步伐，踏著白鵝卵石離去。遠方正有一道視線在凝視著壽雪，但她完全沒有察覺。

✿

遠方傳來了夜巡宦官所敲打的報更鼓聲，就在鼓聲消失之際，壽雪睜開了雙眼，下床拉開絲帳。星星又開始吵鬧不休了。

「來了。」

壽雪如此呢喃，伸出手指輕輕一揮，門扉登時開了。高峻就站在門外，背後當然還跟著形影不離的衛青。

「月下翁果然已經死了。」

高峻一坐下來，劈頭便這麼說。

「千真萬確？」

「原本的刑罰是杖責後流放至州外，但還沒有打到一百下，就已經斷氣了。月下翁身材瘦弱，禁不起一百下的責打也是理所當然的事情。」

「既是老翁，自然難以承受。」

「不，他的稱號雖然有個『翁』字，但年紀可不老。」

「人既不老，為何以『翁』為號？」

「沒有人知道確切的理由。就連他的本名叫什麼、是何來歷，也已無從查證。大家只知道這月下翁的算卦及預言相當靈驗，而且據說還會施展幻術。對了，另外還有一點……」

高峻說到這裡，先往左右看了兩眼。此時壽雪已讓九九退下，周圍一個人也沒有。

「……據說月下翁是前朝的皇族。」

壽雪登時神色僵硬。

「真有此事？」

「不清楚消息的來源，只知道有這樣的傳聞。當然也有可能是月下翁為了吸收信眾而隨口胡謅。」

壽雪心想，多半是假的吧。自古來騙徒多自稱是帝王私生子或貴族後代，已是見怪不怪的事情。

「……此人之算卦、預言、幻術，真有其本事？」

「從尋找遺失物之類的芝麻小事，到找出殺人凶手、揭發私通行為到預測天氣，聽說全都難不倒他。幻術的部分，聽說他曾經驅使幻化出的老虎，攻擊取笑他的人，也曾經把棍棒變成蛇。」

哪些部分是真正的法術，哪些只是單純的騙術，就不得而知了。

「幻術及變術……」

這些都是巫術師最擅長的法術。壽雪聽了高峻的說明，還是無法掌握月下翁這號人物到底有多大的本事。尋找遺失物及預測天氣都可以靠一些小小的騙術，讓人信以為真。但如果幻術的部分沒有造假，這表示他是個能力相當高強的巫術師。

壽雪正思索著，高峻又說道：

「另外還有一項傳聞。有人說月下翁不止一人，因為他有時言行舉止會像完全變了一個人，但也有人說那是神明附體。」

「或為孿生子？」

「確實有官員這麼懷疑。如果是孿生兄弟，代表其中一個已經逃了。但是經過嚴加調查之後，那官員做出了月下翁只有一人的結論。」

「唔……」

越聽越讓人搞不清楚月下翁到底有著什麼樣的來頭。

「目前只查出這些。若有新的調查進展，朕會再告訴妳。」

說完了這些話，高峻竟起身準備離去。壽雪不禁感到有些意外。平常就算壽雪下逐客令，高峻也會拖拖拉拉不肯馬上離去。

「今晚朕得去花娘那裡。」

「吾不曾問。」

高峻忽然伸手到懷裡，取出一只綾錦袋子，朝著壽雪拋去。壽雪見有東西飛來，也只能伸手接住。

「為何以物擲吾？」

「那是杏仁乾，給妳吃。」

高峻每次來訪，大多會像這樣給一點食物。雖然每次的態度都像餵猴子吃飼料一樣高傲，令壽雪大為不滿，但東西本身總是相當美味。

「……花娘謂汝近來性情有變。」

壽雪一邊朝袋內探看，一邊說道。

「朕性情有變？如何個變法？」

「感情豐富。」

壽雪故意省略了「提及烏妃時」。高峻將頭別向一邊，面無表情地說道：

「花娘大概是誤會了什麼。」

高峻只以一句話駁斥了此事，便轉身走出殿外。

壽雪看著高峻的背影，一邊吃著杏仁乾，一邊心中納悶。到底要怎麼做，才能讓這個人露出感情豐富的表情？

✿

濃郁的花香靜靜地流動著。高峻在夜色中穿過了一株株的月月紅，走向鴛鴦宮的殿舍。花娘正帶著一群侍女們，在臺階前等候皇帝的來到。手持燭火的衛青退向後方，花娘對著高峻深深屈膝行禮。小時候的花娘是個好勝心極強的野丫頭，好幾次在賽跑中贏過高峻，如今卻變得如此端莊文靜，讓高峻不禁感慨女大十八變。但是高峻絕對不會把這想法說出口，因為一旦說出口，必定會引來加倍的揶揄取笑。

「陛下又去見了烏妃？」

侍女們都退下之後，花娘一邊奉茶一邊問道。

「嗯。」

花娘默默凝視高峻。臉上雖然掛著笑容，眼神卻帶著三分責備。花娘從以前就是這樣，總是把責備之意暗藏在眉目之間，不會說出來。

「朕只是去告知調查結果。」

高峻忍不住解釋道。口氣就像是個遭姊姊責備的弟弟。花娘嘆了一口氣，說道：

「烏妃不是可以經常往來之人，陛下這麼做，恐怕會招來無謂的謠言。」

「朕跟她稱不上經常往來。」

「烏妃不同於其他妃嬪，不是陛下可以喜歡的女人。相信烏妃一定也感到很困擾吧。為何陛下對烏妃的事情，會像個孩子一樣如此固執？」

「固執？」

「難道不是嗎？」

「……朕只是想跟她見見面、說說話而已。」

因為對壽雪的反應很感興趣。因為想知道她會說什麼話，露出什麼樣的表情，所以才會忍不住走向夜明宮。

「陛下如果想要聊天解悶，可以找其他妃嬪，陪陛下聊天解悶，並不是烏妃的職責。只因為烏妃太過溫柔，才會養成了陛下的任性行為。」

「那個丫頭哪一點溫柔了？」

動不動就把人攆出宮外的女人，如何稱得上溫柔？

「不，她正是因為太過溫柔，才會沒有辦法狠下心來拒絕別人。否則的話，她也不會接受妾身的請託。」

高峻默默凝視著茶杯上的騰騰熱氣。回想起來，當初翡翠耳飾那件事，壽雪正是因為同情那幽鬼的處境，才會傾全力相助。

「陛下一天到晚擾亂她的生活，遲早會讓她受到傷害，屆時陛下也將後悔莫及。」

「……好吧，朕知道了。」

高峻無奈地說道。從以前，高峻就無法違逆花娘的意見。

到了三更❷，高峻走出了鴛鴦宮。隨著夜色的加深，花香似乎也更加濃郁了。高峻在月紅的株叢之間走了幾步，驀然停下腳步問道：

「朕變了嗎？」

2　深夜十一點至一點。

如影子般默默跟隨在高峻身後的衛青，略一遲疑後說道：「恕我直言，大家有些地方確實跟以前不太一樣了。」他停頓了一下，接著又說道：「尤其是跟烏妃有關的事。」

「噢……」

高峻滿不在乎地應了一聲，彷彿事不關己。事實上高峻也隱約感覺到，自己確實對烏妃相當感興趣。否則的話，當初也不會問烏妃願不願意成為他的妃子。不過就像烏妃所說的，當初自己多半是睡迷糊了，才會問出那種話。

例如像這樣的深夜，高峻總是會忍不住想像，壽雪獨自一人待在那漆黑的殿舍裡，心裡正在想些什麼事？

高峻抬頭仰望夜空。月色自宛如薄絲一般的雲層背後探出了臉。那看不見盡頭的深邃天空，正有如烏鴉的黑羽。

——沒錯，那女孩總是獨自一人。

如今她的宮裡雖然有侍女及宮女，但直到不久之前，她一直過著宮裡只有一名老婢女幫忙雜事的生活。她總是選擇孤獨，彷彿在隱藏著什麼。

「烏妃她……」

衛青聽見了高峻的呢喃，問道：「大家，您說什麼？」

「沒什麼……」

高峻繼續在月月紅之間邁步而行。這是個風平浪靜的夜晚。

但是到了隔天，一起事件打破了宮裡的寧靜。

❀

這個季節的白晝特別長。過了初更❸，天空才逐漸轉化成深藍色。就在這個時候，一名使者自鴛鴦宮而來。那是一名侍女，不知有什麼急事，竟匆匆忙忙地奔進了夜明宮。妃子身邊的侍女極少奔跑，再加上來傳話的使者並非低階的宮女或宦官，而是平常隨侍在妃子身邊的侍女，可見得一定是發生了什麼不能讓外人知道的急事。

「請娘娘移駕至鴛鴦宮一談。」

侍女匆匆行了一揖，便開口說出來意。

---

3 晚上七點至九點。

「發生何事？」

「事情是這樣的……」

侍女正待要說，忽然開始劇烈咳嗽，九九趕緊倒了杯水給她喝。壽雪心想與其聽她說明，不如走一趟比較快，於是立刻動身前往鴛鴦宮。由於事出突然，壽雪依然身穿黑衣，並沒有更衣換裝。在昏暗的夜色之中，壽雪的黑衣顯得更加漆黑。由於走得太急的關係，薄絲的披帛在身後翻舞，有如灑落了一把星光。

「尋找失物？」

壽雪一面快步走向鴛鴦宮，一面向侍女詢問。

「是的，前幾天商人獻上的貢品之一……」

壽雪登時鬆了口氣，說道：「原來只是此等小事。」

侍女臉色蒼白地說道：

「不，這可是大事。那些都是商人們進獻給陛下的貢品，只是保管在鴛鴦宮而已……」

「非花娘所有？」

「雖然陛下賜給了娘娘，但如果遺失的話，負責搬運的宮女及侍女都會被追究責任。」

「追究責任……」

宮女及侍女一旦被追究責任，下場往往是處死。難怪這名侍女會嚇得面如土色。

「而且……」那侍女接著說道：

「有一名宮女不見了。」

「……莫非此宮女盜取貢品潛逃出宮？」

「目前還沒查出真相，但其他宮女都說，失蹤的宮女沒那麼大的膽子，而且……」

她露出一臉摸不著頭腦的表情，搖頭說道：

「大家都說那名失蹤的宮女最近舉止有些古怪。」

「舉止古怪？」

「簡直像變了一個人……」

壽雪不禁心想，類似這樣的說法，自己最近好像在哪裡聽過……

「……舉止猶如他人？」

「是的。」

——這到底是怎麼一回事？

一到鴛鴦宮，只見宮裡忙成了一團。不少宮女像無頭蒼蠅一樣匆忙來去，不知是在尋找遺失的貢品，還是在尋找失蹤的宮女。花娘親自走出殿舍迎接壽雪。

「遺失何物？」

「一只壺，銅製的壺，上頭貼了封條。」

「封條……？」

「一張紙封條。根據貢品清單上的記載，那只是一只投壺。」所謂的投壺，指的是一種用來比賽誰能先將箭矢投入壺中的娛樂用品。「照理來說，壺裡應該什麼東西都沒有，我本來打算先詢問過陛下之後，再將封條拆掉。」

「失蹤宮女是何身分？」

「她是內縫司的人。大家發現壺不見了，正忙著尋找，接著才發現宮女也少了一人。」

壽雪環視左右，接著說道：

「此宮女夜宿何處？」

宮女們於是將壽雪帶往鴛鴦宮的角落。那裡有著宮女們平常生活起居的殿舍，數名宮女共用一間房間。壽雪走進失蹤宮女的房間，站在該宮女的床前。枕頭邊有一只盒子，打開一看，裡頭放著梳子、剪刀、手帕等物，看來就只是一只放置隨身物品的雜物箱。旁邊的隔板上掛著一些衣物。不論任何東西，看起來都相當平凡，沒有什麼奇特之處。壽雪凝視著床板，微微瞇起了雙眼。在這床板之上，隱約殘留著幽鬼的氣息。那氣息若有似無，宛如一縷盤繞在床板上的輕煙。可見得在不久之前，曾有幽鬼出現在此地。

壽雪略一沉吟，拾起了被褥上的幾根頭髮，轉頭朝著站在門口處觀望的宮女們問道：

「此宮女何姓何名？」

宮女們不由得面面相覷。接著她們望向身後，趕緊讓向兩側。花娘從後頭走了進來，說道：「葉倩城。」

壽雪點了點頭，要來筆硯，從懷裡取出一枚小小的人形木牌，在上頭寫上「葉倩城」三字。接著壽雪將毛髮纏繞在人形木牌上，再將木牌置於被褥之上，摘下髮髻上的牡丹花，朝著花輕吹一口氣。驀然間，花瓣散了開來，隨著一陣類似玻璃碎裂的聲音，花瓣帶著點點閃光灑落在木牌上。

人形木牌先是微微顫動，接著逐漸膨脹、變形。膨脹的木牌將纏繞在上頭的毛髮吞噬後，顏色轉變為黑色，接著像麥芽糖一樣不斷改變形狀，最後化成了鳥的形體。那有如麥芽糖的軀體出現了翅膀及鳥喙，迅速被一層羽毛包覆起來，接著一陣劇烈抖動，黑色的眼珠開始綻放神采，翅膀隨後也開始上下鼓動，儼然是一隻漆黑的烏鴉。

烏鴉先振動了翅膀數次，彷彿是在確認翅膀的感覺，接著突然縱身一躍，乘著風飛出了宮外。宮女們發出了細微的驚呼，壽雪自宮女們之間迅速穿過，朝花娘喊了一聲「汝等在此勿動」，接著便朝烏鴉追趕而去。

穿過了月月紅，離開了鴛鴦宮，壽雪繼續追趕著烏鴉。倘若烏鴉飛出了宮城之外，壽雪便無法再繼續追趕，但壽雪猜想對方的速度應該沒有那麼快。壽雪奔過了鵝卵石路面，穿過了白楊樹林，通過了小池畔。烏鴉不斷朝著後宮的西側飛去，飛了一陣子之後，烏鴉開始在同一個地點的上空盤旋，接著突然俯衝而下。那一帶是一大片鬱鬱蒼蒼的老松樹林，壽雪想也不想地奔進了樹林內。

壽雪進入松樹林後不久，便發現了那隻烏鴉。烏鴉停留在一名少女的手上。少女身上穿著內縫司的宮女服色，一隻手懷抱著銅壺，應該就是那下落不明的宮女。

「葉倩城？」壽雪喊道。

少女臉上表情毫無變化，開口說道：

「我也不知道她叫什麼名字。」

那嗓音非常古怪，彷彿有兩個人在同一時間說出了同一句話。壽雪一聽，便明白發生了什麼事。

這種嗓音稱作「兩聲」，是魂魄不安定者的特徵之一。可見得少女已經遭幽鬼附身。

當年麗娘還在的時候，壽雪也曾親耳聽過有人發出這樣的聲音。那個人正是被邪惡的幽鬼附身了，言行舉止都與平常截然不同。眼前這名宮女的情況，也是如出一轍。除了眼前的宮女之外，壽雪最近還曾聽過一起類似的案例，那就是高峻口中所描述的月下翁。

「汝是何人？」

壽雪提高了警覺。對方只是淡淡一笑，並沒有回答。壽雪瞥了一眼那銅壺，壺口封著一張紙，紙上寫著奇妙的文字。

「汝與月下翁是何關係？」

少女揚起了眉梢，問道：

「為何這麼問？」

「汝輕易收服吾鴉，此舉非常人所能為。且壺上所書『封嘴』兩字，乃巫術師常用之字，由此可知汝乃一巫術師。吾聞月下翁之言行常判若兩人，此乃受幽鬼附身之徵兆，然吾亦聞月下翁善於幻術及變化之術，若能有此能耐，豈會輕易受幽鬼附身？故此可知月下翁僅是一介凡人，依附於其身之幽鬼為一高明巫術師。由此推論，汝正是當初依附於月下翁身上之幽鬼。」

「原來如此。」少女又笑了起來。沒想到下一瞬間，少女忽然朝著烏鴉舉掌一拍。驟然之間——啪的一聲——是木材斷裂的清脆聲響，烏鴉化成了一道黑色煙霧，接著消失無蹤。

壽雪不由得輕咬嘴唇。雖然那隻烏鴉是自己倉促施展出來的術法，但對方能夠輕易破解，也絕非是尋常的巫術師。

「汝是何人？」

能夠施展高明巫術的幽鬼，全天下肯定沒有幾個。更何況是會附身在活人身上，操控活人行動，更是寥寥可數。眼前這個附身在宮女身上的幽鬼，必定就是當初附身在月下翁身上的幽鬼。

「我知道妳是烏妃。我叫冰月，欒冰月。」

沒想到對方竟然坦白說出了身分，而且……

「欒……」

壽雪倒抽了一口涼氣。這個幽鬼姓欒？

欒是前朝皇族的姓氏。

「我姓欒，妳也姓欒。對吧，烏妃？」

壽雪仔細觀察宮女的表情。但宮女只是受到附身而已，從她的五官表情，根本看不出幽鬼的意圖。

「……吾乃柳姓，並非欒姓。」

這是麗娘為壽雪所取的假姓氏。

「別想用虛假的姓氏來搪塞。鮮血在告訴我，妳跟我是同族……真沒想到竟然還有倖存的同族，而且還生活在這種地方。」

幽鬼的口氣中帶著一抹感慨。

「當我第一眼看到妳的時候，可不知有多麼驚訝。我本來以為欒氏一族已經被殺得一個也不剩，沒想到還有一個活了下來，而且還變成了烏妃……」

那聲音充滿了哀戚，有如置身於萬丈深淵之中。

「當初我也被砍掉了腦袋。如今明明已沒了肉體，但一回到京師，我還是感覺到了鮮血為之凝結的恐懼。」

既然如此，為什麼要回來？壽雪心中正感到狐疑，對方看著壽雪的臉，片刻後忽然揚起怪異的微笑。

「但是能在這裡發現欒氏一族的倖存者，也算是一種緣分吧。我為了和妳私下說話，才把妳叫到這裡來。」

壽雪心中一驚，這才明白對方盜走了壺，還在宮女房間裡留下氣息，都是為了引誘自己來到此地。

「我不僅是皇族子弟，同時也是一名巫術師。不曉得妳知不知道，在前朝時期，宮城裡有許多巫術師。但是改朝換代之後，現在的皇族宗室討厭巫術師，把他們都趕出了京師。這些巫術師流竄至各地，那個被稱作月下翁的男人也是其中之一。不過此人的巫術能力太差，只是擅長招搖撞騙而已。」

從前宮城裡有許多巫術師，這一點壽雪也曾聽麗娘提過。這些巫術師雖然大多沒有官爵，但受到皇帝、皇親國戚及高官私下重用，甚至可以自由進出後宮。但是眼前這個自稱名叫冰月的幽鬼，生前身為皇族卻是巫術師，這樣的人物即使是在當年應該也是相當罕見吧。

「不過那個三流巫術師還真有意思，他自從被我附身之後，竟然到處聲稱有神靈降臨在他的身上。如今我也不知道，這是他騙術的一環，還是他打從心底這麼相信。我只知道他靠著這一招，可是騙了不少錢。不管是有錢人還是窮人，許多人的身家財產都被他騙得一乾二淨。他把騙來的錢放在甕裡，將那甕埋入土中。如今那甕還在土裡，並沒有被人掘出。如果妳想發財，我可以把地點告訴妳。」

壽雪以皺眉代替了回答。冰月似乎感到有些沒意思，嗤嗤笑了一聲，接著說道：

「妳既然看得懂這上頭的字，應該知道這壺裡裝的是什麼？」冰月舉起了手中的壺。

壽雪目不轉睛地盯著上頭的字瞧。「封嘴」兩字是封印用的咒語，用來封住魂魄。

「……汝封了何人魂魄在此壺中？」

「總之不是月下翁。」

冰月輕撫著壺身。

「你們好像曾招過某個死於歷州叛亂的男人的魂魄？」

壽雪一聽，更是雙眉深鎖。「難道……」

「客死異鄉之人，魂魄多會東飄西蕩，不知該往哪裡去。當時我抓住了一些在空中飄蕩的孤魂野鬼，打算當成部下使喚……」

冰月說到這裡，忽然抬頭看著壽雪，接著說道：

「現在我想到了更好的用途。」

「汝意欲何為？」

「我可以把歐玄有的魂魄還給妳，但妳必須答應我一件事。」

冰月斂起了臉上的微笑，嚴肅地說道。

「何事……？」

「我千方百計來到後宮，正的是為了這件事……」

不管是那宮女的外貌還是聲音，都流露出一股殷切的渴望。壽雪見對方表現出如此率直的感情，不禁有些錯愕。

「汝欲求吾何事？汝來到後宮是何目的？」

「除非妳答應，我才會說。如果妳不答應的話……」

冰月從腰帶上的佩飾中抽出一把小刀，抵著自己的脖子。不，應該說是宮女的脖子。

「我就殺了這個人。」

壽雪反射性地想要奔上前去，卻見冰月將刀刃用力抵在脖子上，瞬間又停下了腳步。

「殺了這個人之後，我就會逃走，歐玄有的魂魄也不會再回來了。如何，妳答不答應？妳可沒有時間遲疑不決，只要有任何人追到這裡來，我也會逃走。」

壽雪往左右看了一眼。當初自己曾對花娘說過「汝等在此勿動」，她們似乎非常老實地遵守著這道命令。周邊一個人也沒有，當然也沒有朝這裡奔近的腳步聲。

「無人會來此地，汝勿急躁，可先收起刀子。」

冰月沒有答話，依然將刀刃抵在宮女的脖子上。

「汝不必言語威脅。汝有何心願，吾願聽汝訴說。」

「我……」

宮女的表情稍見鬆懈。潛藏在宮女體內的冰月，似乎有些情緒起伏不定，手上的刀子稍微離開了脖子數分。

壽雪見有機可乘，正要採取行動，耳中忽然聽見了一陣尖銳的破空之聲。接著是一聲沉重的悶響，宮女手中的刀子應聲而落。刀子與一顆小石子幾乎同時落在地上，正是這顆小石子擊中了宮女的手背。壽雪立即從髮髻上摘下牡丹花，捏碎後朝宮女扔去。淡紅色的花瓣散了開來，下一瞬間，這些花瓣化成了一縷縷的煙霧，纏繞在宮女懷裡的壺身上。壽雪一翻手掌，上頭的封條無聲無息地破了，壺也裂成兩半。

不管是壺還是封條，斷面都像以利刃斬斷一般平整。壽雪抬頭望向空中。大約有四顆宛如螢火蟲一般的微弱光球，在樹梢之間來回穿梭。

「歐宵！」

壽雪朝著光球大喊，同時伸出了手掌。在空中徘徊的光球之一朝著她飄來，靜悄悄地滑入掌心。壽雪輕輕以雙手將那光球包住，下一瞬間，那光球幻化成了淡棕色的篦櫛，而後，她輕輕將篦櫛插在自己的髮髻上。

「烏妃娘娘！」

壽雪轉頭一看，一名年輕宦官屈膝向自己行禮。那宦官有著一雙修長而美麗的單眼皮鳳眼，正是溫螢。

「原來是汝出手相助。」

溫螢是負責護衛壽雪的宦官。剛剛正是他擲出石子，擊中了宮女的手。壽雪完全沒有發現他跟在身後，不曉得是什麼時候來的。

壽雪轉頭望向後方。那宮女似乎昏厥了，溫螢將她抱到了一棵松樹下。

「她無事否？」

「只是失去了意識。醒來後手背可能會有些腫痛。」

壽雪點點頭，環顧左右。不遠處的樹蔭下，站著一名青年。白皙的臉孔與修長的雙眸頗具魅力，眉目之間卻帶著一股憂色。青年穿著一身絲綢長袍，袍上繡著鸞鳥之姿。一頭長髮紮在腦後，髮梢垂掛在肩膀上。此刻他的髮絲閃耀著銀色光輝，宛如吸收了月光精華。

「……我太大意了。烏妃，這次是我輸了，我們下次再會。」

連嗓音也是陰沉而憂鬱，令人聯想到的是冷澈而清冽的秋夜。

「且慢！汝欲求吾之事……」

「烏妃，為什麼妳會甘願被束縛在這後宮之中？只要妳出手，世上有什麼東西是妳得不到的？」

冰月說完之後，忽然轉過了身。只見銀髮搖曳，下一瞬間整個人已不見蹤影。

壽雪正要走向冰月，忽聽他說出這句話，猛然低頭望向溫螢。只見他依然垂首跪地，姿勢與表情都沒有絲毫改變。

「汝聞此言乎？」

「下官什麼也沒有聽見。」

壽雪愣愣地看著溫螢的臉，半晌後才移開視線，說道：

「回鴛鴦宮。」

壽雪命溫螢抱起那宮女，轉身邁步而行。

鴛鴦宮內，花娘正等得心焦。她一看見壽雪及抱著宮女的溫螢，立即奔了過來。

「她怎麼了……？」

「無大礙，僅昏厥而已。此女曾遭幽鬼附身，須著意照看。」

侍女們將溫螢帶往宮女住處，壽雪則暗示花娘屏退眾人，兩人一同走入殿舍。

壽雪取下髮髻上的篦櫛，說道：

「此乃歐玄有魂魄。」

花娘一聽，霎時瞪大了眼睛。壽雪遞出掌中的篦櫛，那篦櫛逐漸解體，變回了原本的螢火之光。

花娘戰戰兢兢地伸出手，那光球輕飄飄地飛起，落在她的手上。花娘輕輕一顫，屏住了呼吸，凝視著那光球。

「……好溫暖。」

花娘以雙手手掌將光球緩緩包覆。

「有如暖而不燙的溫茶……」

花娘低聲呢喃，聲音最後幾乎細不可聞。花娘將那光球捧在懷裡。

並非所有的魂魄都會變成幽鬼。有些人就算死得再怎麼慘烈，死後還是能心無罣礙地前往極樂淨土。相反地，有些人的魂魄卻會化成幽鬼，在同一個地方佇足不去。當初被關在壺裡的其他魂魄，似乎都已前往極樂淨土，並沒有化為幽鬼。玄有的魂魄原本也要離去，只是被壽雪暫時強留了下來。

「啊……」

那光球離開了花娘的掌心，懸浮在空中。

「不要走……再待一會兒……」花娘喊道。

光球環繞著花娘飛舞，捲起了陣陣微風，連帶花娘髮髻上的步搖亦輕輕碰撞，發出了清脆聲響。那光球宛若一縷輕煙，隨著風一起拂過她的髮梢及臉頰。驀然間，花娘腰間的花笛微微搖擺，同時發出了宛如鳥囀一般高亢的笛音。

那笛音拖著長長的尾音，連續響了兩、三次，雖然若有似無，給人的感覺卻像是明亮而爽朗的歌聲。

半晌之後，那道帶著黯淡光芒的微風離開了花娘的身邊，翩翩然舞向高空。隨即殿舍的門扉忽然打開了，那微風自縫隙鑽出了門外。花娘趕緊追了出去，只見那道微風越飛越高，朝著西方的大海方向逐漸遠去。

「玄有……！」

花娘的落寞呢喃聲，彷彿也被那陣風一併帶走了。

雖然那風中的光芒早已完全消失在遠方，花娘依然愣愣地站著不動。

「靜待來春，彼必歸來。」壽雪說道。

花娘默默點頭。接著她忍不住雙手掩面，蹲在地上久久不能自已。

❀

數天之後，花娘帶了一套絲綢衣物，再度拜訪夜明宮。

「這是感謝妳為我招魂的謝禮。」

侍女將托盤放在小几上。壽雪拿起了托盤裡的那套絲綢衣物。紫色的衫襦上，以繭紬❹的技術印上了波濤及鳥紋。鵝黃色的綾裙，上頭織著美麗的連珠紋。粉紅色的薄絲披帛，輕柔得彷彿輕輕一碰就會化開。

「哇……好美……！」

一旁的九九忍不住讚嘆，但她驚覺失禮，趕緊摀住了嘴。

「這都是我宮裡所做之物，尤其是這綾裙，是蒙妳相救的內縫司宮女親手所縫製。」

壽雪將托盤推了回去，說道：

「此物於吾無用。」

「身邊有幾套黑色以外的衣裳，總是方便得多。在宮裡行走，與其穿宮女服色，不如穿這樣的衣物更加合適。」

花娘的語氣雖然平和，卻帶了一絲威嚴。壽雪有些不知如何是好，看了看她，又看了看那絲綢衣物。「若妳認為不需要，那就丟了它吧。雖然這都是宮女們費心染繪、縫織之物……」花娘接著又說道。

壽雪雖然無奈，也只好收下。畢竟沒有必要為了這種東西與對方僵持不下。

「既是如此，姑且收之。」

「太好了，宮女們知道了一定會很開心。下次請妳穿上了它，到鴛鴦宮來玩吧。」

「吾……」

「下次妳來的時候，我會事先準備好一些點心。白蜜糕、浮餾餅……對了，還有蓮子餡包子，聽說那是妳最喜歡吃的點心？」

「……」

烏妃只適合孤獨地活在黑夜之中，不應該在白天外出找人喝茶聊天，但是……

「隨時歡迎妳的光臨。」

花娘淡淡揚起嘴角。

壽雪不禁心想，如果自己有姊姊的話，兩人相處或許正是像這種感覺吧。

九九煮的茶正冒著柔和的熱氣，旁邊還擺著紅翹所準備的蜜杏仁。

壽雪感覺彷彿有一絲暖意，靜悄悄地鑽進了自己的胸口。就好像到了春天依然沒有融化

4 指蠟染。

的一片殘雪，再也抵擋不了暖日的和煦普照。那是一種令人難以抵抗的甜蜜，是一種能夠化開冰雪的暖流……也是一種毒藥。

✿

當天夜裡，高峻也來了。不過這次是壽雪以有事相求為由，主動將他叫來的。

「妳要求朕什麼事？」

本來以為高峻大概會說上幾句酸言酸語，沒想到他一開口就只說了這句話。

「吾欲知欒冰月之來歷。」

壽雪也不拐彎抹角，直截了當地問道。

「唔……關於這個人，詳情朕也不是很清楚。」高峻啜了一口茶，接著說道：「欒冰月是前朝皇帝么子的兒子，也就是皇孫。這個么子本來就是個遠離了政權中樞的閒散之人，其子欒冰月更是個師事巫術師的異端分子。不過據說欒冰月確實擁有過人的巫術師天分。後來他與其父親及祖父都在同一天遭到斬首……朕只知道這麼多了。」

「何處可查此人詳情？」

從高峻剛剛的說明，根本無法知道欒冰月為何來到後宮，也無法推測出他想要拜託壽雪什麼事情。

「如果調閱紀錄，或許能查出些什麼，但朕也不敢保證。」

高峻以眼神向衛青示意。衛青等於是間接接到了壽雪的命令，雖然有些不甘心，但也只能垂首領命。

「此人必復來見吾。」壽雪說道。

高峻聽壽雪這麼說，也只是輕輕應了一聲，沒有多說什麼。壽雪仔細打量高峻臉上的表情。可惜從他的臉上，幾乎看不到一絲一毫的感情變化。

當初欒冰月對自己說的那些話，難道溫螢沒有向高峻回報？如果真是如此的話，為什麼他不回報？是因為欒冰月那些話意義不明，溫螢認為沒有回報的必要？抑或，溫螢真的沒有聽見欒冰月說的那些話？

高峻此時開口問道：

「為什麼欒冰月要附身在月下翁身上？」

壽雪將視線從高峻身上移開，伸手端起茶杯。

「吾亦不解，然此人來到後宮，必有其理由。彼應是附身於歷州某人之上，將封魂之壺運至此地……」

「他所附身的對象，應該就是向後宮納貢的海商。這名海商前幾天才將下賜的貢品送到了鴛鴦宮。他是一名以歷州為經商據點的商人，據他自己聲稱，這幾個月來他常感到意識不清，但原以為是太過勞累的關係。」

意識不清的期間，應該就是遭到附身了。將壺送進了後宮之後，欒冰月就轉移對象，附身在宮女身上。

「……欒冰月千方百計來此後宮，究竟有何意圖……」

壽雪不禁咕噥。

高峻在一旁凝視著壽雪的臉。壽雪察覺視線，抬頭問道：

「何事覷吾？」

「沒什麼……」

高峻霍然起身，似乎打算離去。

「汝欲往花娘處？」

「不是……」高峻一邊含糊應答，一邊伸手到懷裡掏摸。他掏出了一團以絲綢手帕包起之物，放在小几上，親自將手帕攤開。手帕裡是一支象牙篦櫛，上頭雕著貌似鶯的鳥紋及波濤紋路。

「此是何物？」

「聽說花娘送了妳一套衣物，與這篦櫛搭配應該不錯。」

「於吾無用。」

「如果不要，那就扔了吧。」

高峻說完，便轉身離去。

「花娘教汝如此應答？」

高峻沒有回答這個問題，邁步走出了殿舍。

壽雪不禁感到有些懊惱。這種事情只要開了一次先例，就再也無法拒絕了，當初實在應該堅決不收那套衣物才對。

留著對方所送的東西，就如同有了剪不斷的緣分。今後只要花娘邀約，自己就得巴巴地趕往鴛鴦宮；高峻屢次跑來串門子，也無法再像第一次那樣將他趕走。

壽雪緊咬嘴唇，走向櫥櫃，從中取出一只黑漆盒子。

打開盒蓋後，裡頭放著一枚魚形的琥珀佩飾，那正是高峻不久前所給予之物。

壽雪雙眉緊蹙，凝視著那琥珀佩飾，半晌後將盒蓋掩上，與那包在手帕裡的篦櫛一起收進了櫥櫃裡。

反正過一陣子，找個藉口把這些東西送給九九就行了。壽雪如此告訴自己。但壽雪轉念又想，如果這麼做的話，會不會反而招引更多的緣分？

到底該怎麼做，才能回到從前那種獨自一人的生活？

——一定要捨棄情緣，捨棄自我，重新遁入那孤獨而靜謐的夜晚之中。

❀

「青。」

高峻走在迴廊上，壓低了聲音說道。

「明天下午，叫冬官到洪濤院候命。」

「大家，您是說冬官？」

衛青不禁有些錯愕。

冬官是朝廷的神祇官，平常都待在宮城南方一座乏人問津的老舊殿舍內。

「現任的冬官還是薛魚泳？」

「是的，一直都是薛大人。冬官是閒職，沒人想要當。薛大人長年擔任冬官，也不曾聽過有人對此心懷不滿。」

「嗯……你告訴他，朕有些關於烏妃的事想要問他。」

「是……」

衛青嘴裡答應，臉上卻難掩納悶之色。

雲雀公主

殿舍裡響起了鳥囀聲。那不是星星的聲音，而是數隻雲雀正停在窗櫺上，啄食著壽雪撒下的粟米。聲音正是由其中一隻雲雀所發出。

「……往昔未曾見過此鳥。」

壽雪正這麼呢喃著，星星忽然跑到那新來的雲雀旁邊，發出了高亢的叫聲。那雲雀見狀，也朝星星叫了一聲。星星猛然拍動翅膀，朝著雲雀作勢威嚇，雲雀嚇得從窗櫺上飛起，在殿舍內四處竄飛。

「星星，莫欺侮幼鳥。」

壽雪出言喝斥，但星星毫不理睬，追著雲雀暴跳奔走，撒了滿地羽毛。壽雪朝雲雀伸出手，雲雀飛了過來，停在壽雪的指頭上。霎時之間，壽雪竟感覺指尖有股陰涼感。

「汝既為鳥，如何不速往極樂淨土，卻於此地迷惘失途？」

壽雪朝雲雀問道。原來這雲雀並非一般的雲雀，難怪星星看牠不順眼，這是一隻早已死亡的鳥，身為雲雀卻化成了幽鬼，可說是相當罕見的情況。

鳥禽都是烏漣娘娘的使者，照理來說死後應該能輕易前往大海另一頭的極樂淨土，沒有必要迷惘徘徊，成為幽鬼。說得更明白一點，將人的魂魄引導至極樂淨土是鳥禽的職責，怎麼這隻雲雀反而自己變成了幽鬼？

「汝不知自身已死？」

雲雀離開了壽雪的手指，在天花板附近繞起了圈子。

「有雲雀飛了進來？」九九正送上茶來，聽見了鳥囀聲，喜孜孜地說道：「我正嫌這宮裡太安靜了，有些鳥叫聲，正好熱鬧一點。」

「此雲雀非活物。」

「咦？」九九聽壽雪這麼一說，登時臉色蒼白。看來她還是一樣那麼膽小。

「不知何故逗留於此，未往極樂淨土。」

「原來連鳥兒也會發生這種事……啊……」

九九似乎想起了什麼，看著頭頂上的雲雀說道：

「或許這雲雀，是雲雀公主的那隻雲雀呢。」

「雲雀公主？」

「在先帝的時代，後宮有一位公主，大家都叫她雲雀公主。」

九九接著向壽雪解釋，雲雀公主算是當今皇帝同父異母的姊姊。

「何故以雲雀為名？」

「聽說有一隻雲雀很喜歡跟隨在這位公主的身邊，而且……」

九九的笑容閃過了一抹陰霾。

「聽說這位公主過著很孤獨的生活。公主的母親在她年紀很小的時候就過世了，她在後宮無依無靠……」

「既是公主，豈能無依無靠？」

「因為……雲雀公主的母親只是一名宮女……」

母親只是身分卑微的宮女，沒有辦法成為女兒的後盾。在這後宮，沒有後盾就等於是身處敵境卻孤立無援。

「鴦妃、鵲妃、鶴妃、燕夫人、鶯女……後宮的妃嬪都有一些像這樣的稱號，但是宮女沒有稱號，因此有些妃嬪會以『雀鳥』來稱呼宮女。」

「雀鳥？」

壽雪正心想這稱呼挺可愛，卻見九九面色凝重，顯然這不是什麼抱持善意的稱呼。

「因為雀鳥是一種只能啄食地上雜穀，整天忙碌覓食的醜陋鳥禽……」

「何言雀鳥醜？言為心之鏡，非雀鳥醜，乃言者心醜。」

九九嫣然一笑，說道：「娘娘真是心地善良。」

「唔……」壽雪不再回應，內心不禁暗想，為何自己會說出這樣的話來？或許是因為看見九九表情黯然，所以才說了這種安慰之詞。

「如果後宮都是像娘娘或花娘娘這樣的人，可不知有多好……就像我剛剛說的，那位公主的母親只是一介宮女，所以大家叫她雲雀公主，也帶有揶揄的意味。」

一個在後宮受盡嘲弄，一個朋友也沒有，只能與雲雀為友的少女。壽雪想像那幅景象，不禁皺起了眉頭。

「……為何汝訴說此公主之事，如說一昔日往事？如今這公主身在何處？」

「雲雀公主在十三歲的時候過世了。她失足掉進池塘裡，被人發現時已沒了呼吸。奇妙的是就在公主落水的時候，聽說她身邊的那隻雲雀到處飛來飛去，不停地高聲鳴叫，彷彿在向人求救。但沒有人理會牠，大家都視而不見，聽說最後雲雀筋疲力竭，墜落到地上就這麼死了……從此之後，後宮便不時能聽見雲雀的哀戚叫聲……」

壽雪與九九同時仰頭。那隻雲雀依然在頭頂上飛來飛去，發出尖銳叫聲，顯得相當焦躁不安。驀然間，雲雀的身影撞在牆上，竟然就這麼消失無蹤了。

「……已去矣，不知何往。」

「娘娘，像這樣的小鳥兒，您也能將牠送往極樂淨土嗎？」

「既是鳥禽……應非難事。」

鳥禽都是女神烏漣娘娘的眷屬，只要稍微指點方向，烏漣娘娘應該就會施展神力，將其引導至極樂淨土。壽雪這麼告訴九九，九九登時露出懇求的表情，說道：

「既然是這樣，請娘娘務必救救這隻雲雀，不然牠實在是太可憐了。」

或許因為自己也是宮女的關係，九九對雲雀公主及這隻雲雀寄予極大的同情。

「……既是如此，吾試為之。」

「啊……要向娘娘委託事情，必須以物為償，是嗎？怎麼辦，我沒有什麼能回報娘娘的東西……」

「區區一鳥，何足掛齒？吾可無償相助。」

「真的嗎？」

九九登時露出燦爛的笑容。壽雪心想，真是個天真直率的女孩。

「雲雀既為幽鬼，公主或亦化為幽鬼？後宮有此傳聞否？」

「我沒聽過像這樣的傳聞。不過若是公主已經去了極樂淨土，雲雀卻還逗留在後宮，想來也沒道理。或許真有這樣的傳聞，只是我沒聽過而已。」

「活人或欲見故人之幽鬼而不可得。公主赴樂土而雲雀為幽鬼，亦非奇事。」

「唔，原來如此……」

九九似懂非懂地點了點頭。

這天午後，壽雪獨自身穿宮女服色出了夜明宮，並未告知九九。如今九九得知娘娘獨自外出，應該正在宮裡氣得直跳腳吧。為了避免養成做什麼事都得一起行動的習慣，壽雪故意不把九九帶在身邊。

果然還是一個人行動比較輕鬆自在。壽雪走在雪白的鵝卵石路面上，心裡如此想著。雲雀公主生前的住處，是位於後宮東北方偏僻處的一座小殿舍，名為滄浪殿。這座殿舍就蓋在一片樹林及池塘附近，周圍長滿了野生的玫瑰、忍冬、甘菊等草木，據說如今無人居住，成了狸貓、鼬鼠等小動物的絕佳藏身處。門板的鉸鏈已鏽蝕脫落，整個建築物內完全沒有家具擺設，不知是打從一開始就沒有，還是公主死後被人搬走了。壽雪在殿舍內來回查看，小動物們紛紛嚇得鑽進了土牆的孔洞裡及天花板上。

然而屋裡並沒有發現雲雀公主的幽鬼。接著壽雪又前往了雲雀公主落水而死的池塘，同樣一無所獲。或許她真的已前往了極樂淨土，並沒有化成幽鬼。

池塘周圍是一大片栴木及杜松交雜的樹林，池畔一帶不僅陰暗而且潮濕，水邊生長著澤瀉、菖蒲、貝母等花草。這片池塘似乎是天然的地下湧泉所積蓄而成，並非自水路引水的人工水池。明明沒有風，池面卻泛著漣漪。蒼藍色的池水潔淨澄澈，就算是夏天依然頗有寒意，任何人要是落入水中，恐怕都會被池水迅速奪走體溫，要活命並不容易。

壽雪沿著池畔走了一會，驀然停下腳步。腳邊竟然有一束花朵。像這種白色的玫瑰花，滄浪殿的庭院裡也長了不少。這幾枝花朵都是含苞待放的狀態，被人連枝剪下，以草莖綁成了一束。顯然並非遭人隨手摘折後棄置於此，而是有人刻意將花束放置於此地，其目的自然是為了弔慰死者之靈。

「唔……」壽雪看著那束花好一會兒，接著轉身邁步，尋找距離滄浪殿最近的殿舍。不遠處就有一座殿舍，琉璃瓦的邊角有著鶴形裝飾，那是泊鶴宮。

壽雪繞過殿舍周圍的柏槙籬笆，自一扇小小的後門外往內窺望。不遠處有一群宮女正在晾曬剛洗好的衣物，那應該都是內染司的人。壽雪朝她們悄悄走近，說道：

「吾欲探問一事，叨擾莫怪。」

「哇，嚇我一跳！」手裡拿著衣物的宮女嚇得幾乎整個人跳起來。「妳是誰？妳不是我們這裡的宮女吧？」

「吾乃夜明宮之人，欲以雲雀公主之事相詢。」

那宮女聽到「夜明宮」、「雲雀公主」這些字眼，錯愕地左右張望。其他宮女們紛紛圍了上來，妳一言我一語地說了起來。

「妳說夜明宮？妳是烏妃那裡的人？」、「來我們這裡有什麼事？」、「雲雀公主？那不是先帝的……」壽雪見這群女人喋喋不休地說個不停，只好輕咳一聲，等眾人閉上了嘴，才開口說道：

「滄浪殿與汝等之泊鶴宮近在咫尺，往昔或有人與雲雀公主交好？」

宮女們一聽，有的將腦袋歪向一邊，有的面面相覷。

「近是很近，但是……」

「那畢竟是先帝時期的人……」

「我們也只聽過一些傳聞而已……」

眾人又是七嘴八舌地說了一陣，忽然有一人說道：

「對了……我記得上一代的鶴妃經常派人送食物到滄浪殿。」

上一代的鶴妃即謝妃，也就是高峻的母親。

「據說雲雀公主生活困苦，連三餐都沒有著落。當時的鶴妃怕幫助得太明顯，會被皇后找麻煩，因此只能偶爾偷偷派人送一點食物過去。當時負責送食物的宮女，正是當今鶴妃的侍女。」

「知其姓名否？」

「羊氏。」

壽雪道了謝，正要轉身走進殿舍，又被宮女們喚住。

「妳要見她，現在可不是時候。鶴妃娘娘正在挑選縫製新襦裙的布疋，現在整個屋裡擺滿了布疋，娘娘一下要那支簪來搭，一下要那雙鞋來配，侍女們也都忙得不得了。光是挑個布疋，往往就要花上一整天的時間。」

「不過挑選布疋，何必如此大費周章？」

宮女一聽，先是揚起了眉毛，但接著只是聳聳肩，並未出言指責。或許她心裡也有相同的感覺吧。

「鶴妃可能會把沒有挑上的布疋賜給侍女們，侍女們可不會錯過這個機會，因此就算進去找她們，她們可能也沒空理會妳。畢竟如果運氣好的話，或許還能拿到娘娘不要的髮簪、襦裙呢。」

「我們的鶴妃娘娘可是很慷慨的。」

「每個侍女們說到這件事，都是笑得合不攏嘴，直說待在這裡好處多多呢。」

「好處……」壽雪忍不住呢喃。

「同樣是侍女，聽說在有些宮當差可是什麼也拿不到。畢竟鶴妃娘娘的娘家是富戶，有後盾就是不一樣。」
某個一看就知道喜歡說三道四的宮女說道。
「……各宮主人賞賜宮女乃是常事？」
「就像我剛剛說的，在某些宮可是什麼也沒有，全看那宮娘娘的度量。待在什麼都不給的宮裡，也只能自認倒楣。」
「自認倒楣……」
壽雪不禁想起自己從不曾賜給九九什麼東西，當然紅翹也一樣。麗娘在世時並沒有侍女，所以壽雪根本不知道這些潛規則。
——原來得送些東西給侍女。
壽雪走出了泊鶴宮。既然今天見不到鶴妃的侍女，繼續待著也沒用。壽雪一邊胡思亂想，一邊走回了夜明宮。夜明宮的位置在後宮的最深處，可算是整個後宮的中心地帶，要前往夜明宮，須先經過一片由茂密的楠木及杜鵑花組成的森林，有毒的杜鵑花彷彿在阻撓閒雜人等靠近，只能說不愧是烏妃的棲身之所。
夜明宮雖然周邊不乏草木，卻不像其他宮殿那樣有著種植了四季花卉的庭院。相較之下，就連一片荒蕪的滄浪殿，周圍也有著茂盛的花草。

回到夜明宮一看，果然九九正鬧著脾氣。

「您要出門，為什麼不讓我跟著？您這樣獨來獨往，叫我這做侍女的情何以堪？」

九九氣呼呼地說道。

「汝雖是侍女，不必隨侍在側。」

「侍女不跟在娘娘的身邊，那要侍女做什麼？娘娘，還是您的意思是說，您不需要我這個侍女？」

「吾非此意……」

壽雪神情尷尬，聲音也越來越小。事實上自己確實並不需要侍女。甚至可以說，有了侍女反而礙手礙腳。實在應該告訴高峻，將九九調往其他妃嬪處當侍女，或是讓她恢復宮女身分才對。

「九九……」

——汝願往他處否？

壽雪原本想要這麼問，卻又把這句話吞了回去，走向櫥櫃，取出那一包以手帕包住的東西，遞給九九。

「此物予汝。」

「咦？」九九眨了眨眼睛。「怎麼突然這麼說？」

壽雪默默將那小包塞到九九手裡，九九打開小包，裡頭正是高峻所給的篦櫛。

「這不是陛下賜給娘娘的東西嗎？」九九嚇了一跳，趕緊重新包好。「這種東西，我怎麼能收？」

「是吾予汝，汝勿多疑。」

「那可不行！這是陛下賜的東西……」

「汝不欲得篦櫛，應是欲得襦衣？」

九九一聽，噘起了嘴說道：

「我又沒說想要什麼東西。」

「有勝於無。」

壽雪一直惦記著剛剛那些宮女們說的話。九九一時有如丈二金剛摸不著頭腦，說道：

「我從來不奢求娘娘給我什麼。娘娘，難道我看起來是個貪心的人？」

「不……」

「雖然我剛開始是因為接到命令才成為娘娘的侍女，但我也是真心誠意地侍奉您……沒想到您竟然將我當成了貪婪之輩，真是太過分了！」

九九將包著篦櫛的手帕推還給壽雪，從廚房側的小門奔了出去。紅翹站在門口往內窺望，臉上帶著憂色。壽雪拿著篦櫛，一時傻住了。不知道為什麼，自己似乎惹惱了九九。

壽雪瞪著那篦櫛，半晌後將它放回了櫥櫃，接著拉開薄絲簾帳，在床邊坐了下來。

就算九九生氣，也沒什麼大不了。反正自己本來就打算將她打發到別的宮去。壽雪如此告訴自己。

「……」

既然如此，為什麼要把篦櫛給她？為什麼要做這種討她歡心的事？

壽雪懷抱自己的膝蓋，閉上了雙眼。

✿

這天下午，壽雪幾乎把所有的時間都花在木雕上。廚房後頭堆了不少柴薪，壽雪隨手取來一根，默默以小刀在上頭一刀一刀地切削。但壽雪並不擅長木雕工藝，削來削去總是不能滿意，她最後自暴自棄起來，將雕到一半的木塊拋在一旁，懶洋洋地躺在床上發愣。

地板的花毯上散落著大量的木屑，星星一臉不耐煩地將沿途上遇到的所有木屑以喙叼起，拋向遠方，令木屑的散亂程度不減反增。

驀然間，星星抬頭望向門扉，接著焦躁地鼓動翅膀。

壽雪嘆了口氣，懶得從床上爬起，只是有氣無力地揮揮手腕。

門扉開啟，高峻走了進來。

「……這麼多木屑是怎麼回事？」

高峻並沒有避開木屑，他毫無顧忌地踏在木屑上，走向壽雪。衛青則是皺起眉頭直盯著地板，看來他是個見不得髒亂的人。

壽雪懶得起身，只是將頭轉向高峻。

「今天怎麼沒生氣？」

高峻走進帳內，肆無忌憚地在床緣坐下。如果是平日的壽雪，這時早就開罵了。

「妳好像沒什麼精神？」

「休管閒事。」

壽雪將臉埋進了被褥裡。

「這是什麼？滿地的木屑，都是來自這玩意？」

壽雪聽到這句話，猛然抬起頭來，只見高峻正拿著那個雕刻到一半的木塊。

「朕不知道妳的興趣是木雕……這蜥蜴看起來真胖。」

「蜥蜴？」

壽雪氣呼呼地坐了起來。

「此乃一鳥。」

高峻仔細打量那木塊，接著轉頭望向壽雪，面無表情的五官流露出一絲憐憫。

「是眼睛有問題，還是手有問題？唔……還是兩者？」

「休管閒事。」

壽雪拾起沾在裙上的木屑，朝高峻拋去。

高峻一邊拿起壽雪拋在被褥上的小刀，一邊問道：

「鳥的種類不知凡幾，妳想雕的是什麼鳥？」

「但具鳥形即可，鳥種並不強求。」

「就是因為有這樣的想法，所以才雕不好。」

高峻哭笑不得地說道：

「好歹也該看著星星雕刻。」

「星星不能飛翔，雕之何用？」

壽雪臭著臉說道。星星用力鼓動翅膀，彷彿是在提出抗議，但兩人皆視若無睹。

「妳想雕的是能飛的鳥？」

「能飛渡大海之鳥。」壽雪說道。

高峻默默點頭，動起了刀子。

「雕隻窟燕好了，這種鳥很能飛。」

每年到了夏天，就會有一大群窟燕遠渡重洋來到霄國，在海岸邊的岩壁上鑿穴為巢。有些窟燕甚至會來到宮城，在屋簷下或樹洞裡築巢。像這樣的候鳥，應該正符合壽雪的要求。

高峻不斷從各種方向觀察那木塊，同時刀鋒毫不停留，轉眼間那形狀古怪的木塊已有了鳥的雛形。如此高明的技術，連壽雪也看得咋舌不已。

「已成鳥矣。」

「這是一隻窟燕。」

「汝確有過人技藝，並非虛言。」

「還沒有完成呢。」

高峻仔細雕琢出鳥喙及翅膀的細節。

「何況這些技巧都是學來的，並不是打從一開始就會。」

「汝確曾說過此語。」

「在朕小的時候，有個朋友教會了朕這些雕刻技巧。」

「朋友……」

「他叫丁藍，與朕的年紀接近父子，卻是朕小時候的玩伴。」

壽雪偷偷朝高峻的臉上瞥了一眼。花娘曾經提醒壽雪，不要在高峻的面前提起這個名字，以免牽動高峻的心頭舊傷。

高峻沒有再說話，只是默默雕著木頭。壽雪也同樣不發一語，只是凝視著一根根被刻劃出來的羽毛。

「……有一事，欲向汝求教。」

壽雪看著高峻手上的木頭說道。高峻並沒有停下手頭上的動作，問道：

「什麼事？」

「汝曾贈物予衛青否？」

「妳說衛青嗎？朕曾賜給他一把刀。」

「衛青是否恚怒？」

高峻停下了手上的動作，轉頭看著壽雪的臉。

「什麼？」

「衛青不曾恚怒？」

「在朕看來他是挺開心的……對吧？」

高峻朝著帳外的衛青問道。衛青恭敬地回答道：

「是的，那是我一生的寶物。」

高峻望向壽雪，臉上彷彿在說著「看吧」。壽雪更是一頭霧水，環抱膝蓋說道：

「……九九何故恚怒？」

「對妳？」

高峻錯愕地睜大了眼睛，表情難得出現變化。

「吾贈象牙篦櫛予她，她反怒出宮門。」

「妳說的是朕送妳的象牙篦櫛？」

「汝曾言，若不需要，棄之可也。吾不需要，但棄之可惜，乃贈予九九。」

高峻沒再說話，臉上露出哭笑不得的表情。壽雪於是把自己和九九之間發生的事情說了一遍。高峻沉默不語，只是不停雕著燕子，從他那面無表情的臉孔，實在看不出來他到底有沒有認真在聽。壽雪說完了之後，高峻停下手頭的動作，說道：

「……別囫圇吞棗地相信他人，做出連自己也一知半解的事情。正因為妳抱著這種心態，才會連她為什麼會生氣也不明白。有些侍女認真工作是為了獲得主人的賞賜，有些侍女則否，朕相信九九是屬於後者。」

高峻朝壽雪瞥了一眼，接著說道：

「妳是個聰明又心地善良的女孩，但完全不懂處世之道，以後別再像這樣胡亂模仿他人的做法了。」

壽雪一聽高峻說自己不懂處世之道，而且言詞中頗有斥責之意，心裡有些不悅，不禁皺起了眉頭。

「吾非胡亂……」

「更糟糕的一點，是妳不懂得察言觀色，就算之後又惹她生氣，朕也不感到意外。」

壽雪默默打量高峻的表情。

「……汝何故動怒？」

高峻停下動作，轉頭對壽雪說道：

「怎麼會有人把別人送的禮物隨便轉送他人？」

壽雪見高峻如此抱怨，不禁愣了一下，說道：

「……汝既言可棄之，何故怨吾？」

「朕只說可以丟掉，沒說可以送人。與其送人，朕寧願妳把東西丟掉。」

「區區小事，何故恚怒？況且汝贈吾此物，亦非用心準備。」

這次輪到高峻啞口無言了。壽雪雖然有些遲鈍，卻也能看出禮物背後的心意。高峻送了那支篦櫛，只是一時興起，絕對不是什麼送給深愛之人的定情之物。

「……這一點，朕也不否認。」

或許是因為有點尷尬的關係，高峻也不再像剛剛那樣言詞犀利。

「不過……雖然並不是細心挑選，卻也並非亂送一通。朕的確是真心地認為妳很適合那支篦櫛。」

「吾非一般妃嬪，此物於吾無益。」

「好吧，朕以後不會再送妳飾品類的東西了，不過……」

高峻將沒有持木雕的手伸進懷裡，掏出了一只錦袋。

「這個東西，妳也不要嗎？」

高峻將錦袋舉到壽雪的面前。裡頭大概又是杏仁乾、蜜棗之類的零食吧。

「這裡頭是絲泡糖。」

「咦？」

壽雪忍不住發出了驚呼。絲泡糖是一種將糖膏拉成了細絲狀再束起的甜食，由於內部空洞，吃進嘴裡又酥又脆，糖絲一碰觸舌尖就會化為糖水，比任何水果或甜點都甜得多。

「妳不要嗎？」高峻又問了一次。壽雪遲疑半晌，最後還是敗給了慾望，擠出了一句：

「……受之亦無不可。」

高峻將袋子放在壽雪的手上。雖然為了食物而屈服有些不甘心，但壽雪實在禁不起袋中物的誘惑。

「如果妳真想要賞賜東西給九九，可以選擇食物，朕相信九九不會生氣，就像現在的妳一樣。」

「吾能贈此物予九九否？」壽雪問道。

高峻似乎沒料到壽雪會這麼問，微微眨了眨眼睛，接著淡淡一笑，說道：「可以。」

只要把這個東西給九九，或許九九就會消氣。想到這點，壽雪頓時感到心情輕鬆不少。

「壽雪。」

壽雪聽高峻呼喚自己的名字，抬起了頭來。高峻俯視壽雪的臉，問道：

「朕送妳的那魚形琥珀佩飾呢？妳也送給別人了嗎？還是丟掉了？」

「不……」壽雪朝櫥櫃瞥了一眼，說道：「尚在櫥內。」

「那就好。」高峻露出鬆一口氣的表情。

「就只有這樣東西，絕對不能送給別人。」

高峻的口氣帶了三分沉痛，壽雪一聽，皺起眉頭問道：

「此物亦為汝親手所做？」

「不，那是……」高峻轉頭望向遠方。「丁藍做的。」

壽雪吃了一驚，霍然起身說道：

「吾不能受，當歸還予汝。」

已故摯友所製作的東西何其珍貴，不該由自己持有。

「那是朕給妳的信物，朕希望妳能收下。」

「天下萬物皆可為信物，何故贈此物予吾？」

高峻沉默半晌，凝視著壽雪，最後說道：

「朕自己也不明白。」

呢喃說完這句話後，高峻轉身背對壽雪，高舉手中的木雕，說道：

「下次來之前，朕會把這東西完成。」

說完之後，高峻便出帳去了。

門扉一闔上，壽雪在床邊坐了下來。拉開那錦袋的袋口，登時聞到一股甜香。然而壽雪並沒有伸手去取，只是目不轉睛地看著。

朝議結束後，高峻並沒有回到位於凝光殿的內廷，而是前往了宮城的南方。遠離了中書省、殿中省等主要官衙，來到一座受土牆環繞的靜謐廟宇前。土牆毀損嚴重，院門上的朱漆斑駁脫落，高掛在門上的門匾也微微傾斜。高峻在門前下了御轎，依照慣例，任何人到了這裡都不能再繼續坐轎乘馬。

高峻抬頭仰望門匾——「星烏廟」。

此為祭祀烏漣娘娘的廟宇。身為神祇官的冬官，便是在這座廟宇內執勤。一跨進院門，便看見地上鋪著一整排的鵝卵石，一直延伸到廟殿入口，但隨處可見缺損。兩旁的銅製燈籠塔上頭盡是青鏽，火光亦隱晦不明。廟前的三座大香爐原本應該點火薰香，讓整座廟宇瀰漫香氣，此時卻是冰冷寂寥，彷彿遭到了遺忘。

廟身漆色斑駁，不少地方都有明顯的蟲蝕痕跡。就連垂掛在簷下的燈籠，也有不少經過補修。廟幟儘管同樣經過補修，但看起來依然破損嚴重。門內一片空蕩，顯得冷冷清清。正前方的壁面上畫著烏漣娘娘像，在黯淡的陽光下有如某種可怕的奇形異物。神壇雖經過細心擦拭，卻仍難掩漆面剝落的荒涼感。

冬官府的官員們全聚集在廟門前，靜候皇帝到來。冬官府上下官員加起來，總數也只有十一人。每個人身上都穿著鈍灰色的長袍，讓人聯想到陰霾不開的雲層，正前方一名老者，身上的長袍則是更加深沉的黝灰色，此人正是冬官。自古以來，烏漣娘娘的奉祀者便以身穿灰衣為習。

老人向高峻跪下行禮，卻因為年紀老邁之故，動作虛浮不穩。高峻命老人起身，後頭兩名身穿鈍灰色長袍的青年走上前來，將老人扶起。他們是冬官府底下的放下郎。

「微臣冬官薛魚泳。」

雖然是個顫巍老人，嗓音卻異常沉穩宏亮。

「朕聽說你前陣子臥病在床，如今已沒事了？」

「微臣該死，讓陛下擔憂了。微臣年老力衰，身多病痛，所幸這幾天神清氣舒，病情似有好轉。」

高峻走進廟內，在放下了支架的窗邊長椅上坐下，衛青隨侍在側。

「聽說陛下數次遣使召喚，微臣抱恙無法前往，心中已感不安……今日更讓陛下屈駕親臨，更令微臣汗顏無地。如陛下所見，本廟頹圮老舊，兼且經費拮据，難以補繕，實在不是陛下應該來的地方。」

魚泳的口氣雖然恭謹，詞句中卻帶了一絲譏刺的意味。高峻朝著魚泳上下打量，心裡暗想，或許他是看皇帝年輕，所以不放在眼裡吧。

「陛下今日前來，不知有何差遣？」魚泳問道。

高峻瞇起了眼睛，藉著自槅扇外透入的微弱日光，細看牆上的烏漣娘娘壁畫。

「朕想問一些關於烏妃的事。」

「關於烏妃的事……？」

魚泳眨了眨深埋在白色長眉的眼睛。此時高峻察覺眼前這名老人雖然神色萎靡，一對眼神卻頗為犀利。

「根據記載，前朝皇帝想要獨占烏妃的神奇力量，因此將她留在後宮……但是記錄此事的典籍卻只有《通神志》一書，在正史《雙通典》上卻是隻字未提。《通神志》的作者是前朝的冬官，因此朕猜想冬官應該知道關於烏妃的詳情。」

魚泳輕撫鬍鬚，略一沉吟後說道：

「關於烏妃的事情，本朝律令已有詳細記載。微臣的冬官府侍奉的是烏漣娘娘，而並非烏妃。」

高峻瞥了魚泳一眼，心裡暗罵一聲「老狐狸」，說道：

「律令只記載了關於烏妃的種種規範及法令，朕想問的是烏妃這號人物的底細。過去朕一直感到很納悶，朕的祖父……炎帝生平最討厭怪力亂神，他把所有的巫術師都趕出了京師。烏妃同樣能施展種種異法妙術，為什麼炎帝獨留這個人物在後宮？」

原本只是一點小小的疑心，如今這疑心卻如同一團黑影，在高峻的胸中迅速膨脹。就在聽了溫螢所回報的……據說出自欒冰月之口的那句話之後。

——烏妃，為什麼妳會甘願被束縛在這後宮之中？只要妳出手，世上有什麼東西是妳得不到的？

魚泳以手拂鬚，表情相當複雜。

「……炎帝排斥巫術師，是因為這些巫術師受前朝皇帝重用。炎帝原本相當瞧不起咒術妖法之類，但後來出現了幽鬼。」

「什麼？」

「炎帝的寢室裡，出現了前朝皇帝及諸皇族的幽鬼。就連輕蔑此道的炎帝，也只能向烏妃求助。」

「……這不是謠言嗎？」

過去高峻也曾聽過相關的傳聞，但高峻一直以為那只是無稽之談。

「這是千真萬確的事實。烏妃幫助炎帝驅除了幽鬼，所以炎帝也不敢再鄙視烏妃。」

高峻雙手抱胸，說道：

「這一點，朕明白了。除此之外，你還知道些什麼？」

魚泳又摸起了鬍鬚。

「微臣只是棲身於這殘破廟宇的小小冬官，所知相當有限。」

「朕知道你的意思了。回去之後，朕會命戶部尚書撥些修繕費用給你。」

魚泳揚起了眉毛，露出底下那一對俊秀的修長雙眼。

「陛下，微臣可不是為了圖謀私利私慾，才故意有所保留。陛下這麼說，可真是錯怪微臣了。這座星烏廟如此衰微荒廢，代表著世人已經喪失了對烏漣娘娘的信仰，既然世風如此，那也只能順應時勢。」

包含京師在內，各地的烏漣娘娘廟都有年久失修的問題，這一點高峻心裡也很清楚。就連朝廷的冬官府也是長年處於閒職的狀態，地方廟宇的情況更是可見一斑。

「烏妃不是烏漣娘娘的巫覡嗎？」高峻問道。

「是的。」

「巫覡為何被困在後宮裡，神官為何淪落為乏人問津的閒職？」

魚泳的鬍鬚微微一動，似乎是揚起了嘴角。

「那也沒什麼不好。」

高峻將臉湊向魚泳，以其他人聽不見的聲音說道：

「……只要烏妃出手，天底下有什麼東西得不到？」

魚泳一聽，登時瞪大了雙眼，半晌說不出話來。此時他臉上的表情，已不再是剛剛那個刁鑽狡獪的老翁。

「這句話，陛下是聽誰說的？」

「另外還有一點，也讓朕感到納悶。烏妃所居住的夜明宮，與朕平日生活的凝光殿，在位置上正好相對，這又是什麼緣故？」

一邊是照亮夜色之宮，另一邊則是凝聚光芒之殿。夜明宮的位置剛好在後宮的正中央，宛如是以主人的姿態君臨著後宮。

「烏妃到底是什麼人物？」

❀

真是隻老狐狸……高峻坐在御轎裡，回想著薛魚泳剛剛說的話，心中如此咒罵。

「這說法真是古怪。烏妃就是烏妃，豈能有什麼祕密？」

魚泳馬上就恢復了冷靜，繼續閃爍其詞，說起了毫無內容的推託之語。

「微臣不近後宮，當然也對住在後宮裡的烏妃所知不多。陛下既然對烏妃之事有所牽掛，何不直截了當地詢問烏妃？對了，聽說烏妃能夠施法驅除妨礙安眠的邪氣，或許能夠對陛下有所幫助。陛下臉色不佳，據微臣的猜測，應是夜晚無法安眠所致。」

這老狐狸口口聲聲說自己不清楚烏妃之事，卻又似乎對烏妃的能力瞭如指掌。高峻在眉毛上輕輕搔了搔，轉念又想，那老狐狸說自己夜晚無法安眠，這一點確是事實，就連衛青近來也常為這件事擔心。難道自己的臉色真的那麼差，任何人都看得出來？

高峻嘆了口氣，微微拉開簾帳，說道：

「青，朕不回凝光殿了，到後宮去吧。」

「明白了。」衛青在轎外說道。

壽雪在池畔緩步而行。雲雀公主正是在這座池塘裡溺水而亡。壽雪一邊走著，一邊確認岸邊生長的花草，忽聽見不知何處傳來雲雀的鳴叫聲。應該就是那化為幽鬼的雲雀吧。壽雪環顧四下，卻看不見那雲雀的身影。

雖然是午後時分，池面受樹影籠罩，還是顯得有些陰暗。壽雪正不經意地凝視著漣漪上微微搖曳的淡淡光芒，忽聽見衣物摩擦聲及腳步聲。抬起頭來等了一會兒，便看見一名年約二十多歲的宮女自梻樹的陰影處走了過來。

從衣著來看，應該是妃嬪的侍女，這侍女有著嬌小的身材及蒼白的肌膚，胸前捧了一束玫瑰花。雖然她的五官稱不上俊美，但削瘦的身形配上修長的頸項，還是帶有一種嬌豔的魅力。侍女微微低著頭，單眼皮的雙眸流露出一種令人無法棄之不顧的惆悵與哀憐。

侍女看見壽雪站在池畔，驟然停下腳步。她顯得有些驚愕，手中的花束也撒了一地。或許她完全沒有料到池邊會有人吧。

她趕緊彎下腰，撿拾地上的花朵。

「慰靈之花？」

「咦？」

「汝欲以此花弔慰雲雀公主之靈？」

「呃……嗯……」侍女以錯愕的眼神看著壽雪，含糊應了一聲。或許是因為突然看見陌生人，讓她顯得有些手足無措。

「吾乃烏妃，汝是何人？」

侍女聽見壽雪自稱烏妃，顯得更加慌亂，露出一臉不知道該不該相信的表情。

「汝莫非鶴妃侍女羊氏否？」

「……您知道了？」

侍女慌忙跪下，說道：

「我確實是羊氏，名十娘，請娘娘原諒我的失禮。」

侍女似乎誤以為壽雪是以神奇術法得知了她的姓名，但壽雪只是根據宮女們所說的話，研判出會以鮮花弔慰公主的侍女應該就是羊氏。

「吾於此地候汝多時。」

「您在等我……？」

昨天壽雪在池畔看見了弔慰公主的花束，心裡便猜想只要在這裡等著，應該就能遇上放置花束之人。

「吾欲知公主之事。人言汝常送飲食予公主，莫非與公主有深交？」

「嗯……」

十娘正要答話，忽然輕咳了幾聲。

「對不起。」

「汝患何疾？」

「不是什麼大不了的疾病，只是每到季節變換的時期，就會咳嗽。」

或許是與生俱來的體質吧。十娘看起來身形嬌瘦，或許天生體弱多病。

「水邊多寒，應慎之。」

壽雪將十娘從池畔帶到了樹蔭下。

「謝謝娘娘的關心……公主生前身體也不好。或許是因為這個緣故，她一直很關心我。其實比起我，公主自己吃的苦才多呢……」

「公主生前亦有疾患？」

「還不到必須請侍醫診治的程度，只是常常發燒，沒有辦法下床……她總說睡一晚就好了，所以也不吃藥……主要的原因，還是藥司不肯給藥。要請侍醫開處方，必須得到皇后的許可，就連謝妃也不敢擅自作主……」

要是幫了太多忙，引來皇后的注意，以後日子會更加難過。

「公主的身邊並沒有侍女，所以什麼事都得自己來。我在十二歲時第一次見到公主，她的年紀跟我一樣。小小的年紀，就得獨自一人生活在那冷清的殿舍裡……但是公主總是認真過活，從來不怨天尤人。那時候我剛到後宮，一天到晚想回家，反而是公主經常安慰我。」

十娘露出了緬懷往日時光的笑容。

「公主從來不擺架子，任何粗重或骯髒的工作都自己來，她在庭院裡種了些蔬菜及花草，我有時也會來幫她的忙。」

「獨自栽花種菜？」

「是的，公主種的花，到現在都還留著。像這些忍冬及玫瑰，都是從那庭院摘來的，這是公主生前最喜歡的花。」

「原來如此。」壽雪點了點頭。

十娘忽然想到一件事，問道：

「烏妃娘娘……公主早已過世，為什麼您會突然問這些？」

「公主身邊常有一雲雀，汝應知之？」

「我知道。」十娘立即點了點頭。畢竟那公主以雲雀為綽號，身邊的雲雀應該相當有名，在十娘的心中也留下了深刻印象。

「此雲雀如今尚在後宮之內，汝知之否？」

「我知道……」十娘嘆了口氣，神情哀戚地說道：

「我曾聽過傳聞，看來是真的？」

「吾欲化度此幽鬼。」壽雪點頭說道。十娘連連鞠躬，面露感激之色。

「烏妃娘娘，真的太謝謝您了。既然是為了這件事，您請儘管問吧。只要是我知道的事情，絕對不敢有所隱瞞。」

壽雪聽十娘這麼說，也不跟她客氣，開口問道：

「此雲雀果真與公主交情匪淺？」

「公主每天都會拿粟米餵食鳥雀，許多麻雀及雲雀都會聚集在公主的身邊。其中有一隻雲雀與公主特別親近，每次只要看見公主，就會開心地高聲鳴唱。」

「公主過世之日，雲雀亦身亡？」

「是的……」十娘沉默了許久才回應。似乎並不是不知該如何回答，而是因為那是一段太痛苦的回憶。十娘垂首說道：

「那雲雀叫得如此淒厲，我卻心生猶豫，沒有立刻趕到公主的身邊……如果我能立刻將她救上岸，或許她就不會死了……」

「公主體弱，必無法抵禦池水之寒，即便救出水面，恐亦難活命。」

十娘微微一笑，說道：「謝謝娘娘的安慰，可是……」

「汝言心生猶豫，又是何故？」

「那是因為……」十娘低下頭，臉上閃過一抹陰霾。「前一天，我和公主吵了一架。」

「汝與公主起了口角之爭？」

「我身為侍女，卻對公主如此不敬，真的是太不應該了。當時我看公主可憐，建議她向陛下……也就是先帝求援，但是公主不肯答應。公主說她不想求助於陛下，還說她覺得現在的生活也沒什麼不好。我一方面覺得公主實在很堅強，一方面又為她感到很不甘心……公主沒有做錯任何事，為什麼不肯更加強硬地表達心中的不滿？」

但公主只是搖頭，不肯接納十娘的建議。

「當時我覺得公主實在太固執，越說越是生氣。於是我就這麼丟下她不管，自顧自地回宮去了。」

十娘露出了自嘲的苦笑。

「或許在我的內心深處，也有些輕蔑她只不過是宮女的女兒，所以才會說出那種話吧。我回到自己的房間，想到了這一點後，越想越是惶恐。公主是個非常聰明的人，一定也看出了我的這種心態……我感到既慚愧又羞恥，隔天實在沒有臉去見公主的面。」

所以當隔天雲雀厲聲大叫時，十娘才會心生猶豫……沒想到公主竟然就這麼死了。

「這件事情讓我一直很愧疚。是我害公主死在孤獨之中。如果可以的話，我好想在公主死前，緊緊握住她的手。我好想告訴她，我會一直待在她的身邊。我實在無法想像，在公主過世的那個當下，她的心情是多麼不安與難過……」

十娘沒有再說下去，她突然以袖口摀住了嘴，開始劇烈咳嗽，壽雪在她的背上輕拍。

「對不起……等等就不咳了……」

「可向藥司討些貝母，煎之服用，有鎮咳之效。」

「好的……謝謝娘娘。」

壽雪轉頭望向池塘，愣愣地看了一會之後問道：

「公主為何失足落水？汝可知背後原因？」

十娘搖頭說道：

「我也不知道。公主生前常在這裡散步，或許是腳下打滑，跌進了池塘裡。」

「是矣……」

壽雪陷入沉思，十娘不安地問道：

「請問娘娘……那雲雀能救得了嗎？」

「救之不難。」

壽雪說得惜字如金，十娘登時鬆了口氣，露出一臉欽佩的表情。

「娘娘，那就拜託您了。我每次聽見那雲雀的叫聲，都像是聽見了公主的聲音。」

十娘再三懇求之後，便告辭離開了。壽雪繼續在池畔繞起了圈子。

——那公主……

微風輕拂，水面上漾起了陣陣漣漪，發出有如流沙一般的聲響。壽雪聞著潮濕的空氣，在池邊蹲了下來。眼前有著盛開的花朵。因為接近地面的關係，鼻中聞到了一股青草與腐土的氣味。

「原來妳在這裡。」

背後響起了說話聲。壽雪霍然起身。高峻從樹林裡走了出來，背後還跟著衛青。

「朕前往夜明宮，九九說妳去了滄浪殿，朕只好到這裡來找妳。九九埋怨妳又獨自外出，正在唉聲嘆氣呢。」

「吾外出不喜侍女跟隨。」

「如果不需要侍女，何不讓她回飛燕宮去？」

「唔……」壽雪下意識地轉頭望向高峻，接著又將視線移回池面，說道：「留之於夜明宮，亦無不可。」

高峻走到了壽雪的身邊。

「妳在這裡做什麼？」

「調查雲雀公主之事。」

「噢……聽說她能和雲雀交朋友？」高峻環顧池塘，接著說道：「對了，她就是在這池中過世的。」

雲雀公主是高峻的同父異母的姊姊。

「汝不曾見過？」

「不曾。」高峻回答得簡潔明快。

「汝兩人為姊弟，生平竟不曾相見？」

「若是同父同母，或許還能有些交情。同父異母的兄弟姊妹只會在舉辦慶典儀式的時候見到面，根本沒有機會往來。」

何況雲雀公主只是區區一介宮女所生，幾乎就像個遭到遺忘的公主。

「這花是幹什麼？」

高峻拾起了附近地上的那束玫瑰花。

「侍女與公主有私交，供花以慰亡者之靈。」

「原來如此。」高峻感慨萬千地注視著那束花，隨後又說道：「幸好尚有個人願意為她供奉花束。」

「汝知此花否？此花名為玫瑰？」

「花名我就算聽過再多遍，也記不住。不過凝光殿的庭院裡似乎沒有這樣的花。」

「公主於庭內栽種此花，此外尚有忍冬、甘菊。」

「噢？」高峻望向壽雪，眼神彷彿在訴說著「那又怎麼樣」。

「此等花草皆可入藥。」

「噢？」高峻又應了一聲，這次帶了三分驚訝。

「忍冬解熱，玫瑰活氣，甘菊則兼具解熱及鎮痛之效。吾聞公主生前體弱，常高燒不退，卻是一藥難求。她栽種藥草，應是為了自煎服用。」

不知她為何能有這些藥草的知識，或許是母親教的吧。

「她失足落水……」

壽雪望向池面，接著說道：

「原因亦在於此。」

「什麼？」高峻驚愕地問道。壽雪指向腳邊的一株植物。那植物的形狀有如吊鐘，開著白中帶綠的花朵，花瓣的內側有黑色網狀紋路。

「此乃貝母。」

「貝母？」

「鱗莖可作鎮咳之用。」

「這也是藥？」高峻單膝跪地，仔細打量那花朵，接著觀察周圍地勢，說道：「原來如此，她是為了採藥，才會失足落水。」貝母的生長處為一片斜坡，而且因為靠近池塘，地面相當泥濘。

「何必為了採藥，勉強做這種危險的事？」

高峻不禁呢喃，壽雪則沉默不語。公主採貝母不是為了自己，而是為了羊十娘。十娘每到季節變化時期就會咳嗽，公主採貝母是為了給她服用。而且很可能是因為前一天兩人發生爭吵，公主想要藉此重修舊好。

壽雪剛剛沒有把這番話告訴十娘。一來她也實在說不出口，二來十娘還是永遠別知道這件事比較好。

壽雪望向頭頂上。樹林裡傳出了雲雀的鳴叫聲。

「汝已完成否？」

「完成什麼？」

「木雕之鳥。汝曾言下次來時必可竣工。」

「這是窟燕，當然完成了。」

高峻聲稱記不住花名，卻對動物的名稱如此講究。

他從懷裡取出一小座木像，遞給壽雪。

「……確是良匠。」

壽雪看著手中的窟燕雕像，不禁大感佩服。那窟燕雕得栩栩如生，彷彿可以感受到其溫熱的體溫。且覆蓋身體上的每一根羽毛都刻劃得細緻柔軟，圓滾滾的眼珠也看起來可愛靈動。她輕輕撫摸隆起的胸口，甚至產生了心跳鼓動的錯覺。

「還堪用嗎？雖然我不知道妳要這東西作何用途……」

「作此用途。」

壽雪驀然吹起了口哨。那聲音高亢尖銳，宛如鳥叫聲。不一會兒，一隻雲雀從㭿樹之間飛了出來，停在附近的樹枝上。牠正是雲雀公主的那隻雲雀。

壽雪從髮髻上摘下牡丹花，花朵在壽雪的掌心幻化成淡紅色的霞光。壽雪輕吹一口氣，那霞光便形成了小小的漩渦，颳得衣袖翩翩舞動。

壽雪一揮手腕，那漩渦化了開來，形成一道風流。壽雪接著舉起另一手上的木雕窟燕，那燕子先是輕輕顫動，接著全身一抖，幻化成了真正的燕子。

「可速去。」

燕子彷彿聽見了壽雪的命令，猛然振翅高飛，離開了壽雪的手掌。

「汝亦隨此鳥去，公主於彼地等候汝。」

那雲雀於是離枝飛翔，淡紅色的風流將雲雀團團圍住，彷彿推著雲雀前進那般，緊跟在燕子後頭。

燕子與雲雀乘著風越飛越遠，朝著大海的另一頭逐漸遠去，直到淡紅色的風流及鳥影都已完全看不見了，壽雪才輕輕吁了一口氣。

「此事成矣，雲雀將隨彼燕往赴極樂淨土。」

「難怪妳要朕雕擅飛之鳥。」

壽雪點了點頭，說道：「彼鳥應可平安飛越大海。」

「幸好用的是朕雕的鳥，要是用妳雕的，根本飛不起來吧。」

「廢言無益。」

壽雪瞪了高峻一眼，轉身走了兩、三步，又停步說道：

「……汝雕之鳥甚佳，吾感懷恩德。」

壽雪以幾乎聽不見的聲音道了謝，並沒有回頭，正要邁步，卻被高峻一把拉了過去。

一轉過身，高峻的臉就在自己的眼前。他默默凝視著壽雪，缺乏感情變化的臉上竟帶著一絲驚愕。

「吾不過謝汝恩情，何故驚詫？」

「沒什麼……」高峻一低頭，看見自己正拉著壽雪的手，趕緊將手放開。

「朕除了有些驚訝，還感到有些新鮮。」

「新鮮？」

「就好像一隻充滿警戒心的貓兒，終於稍微對朕卸下了心防，朕感到有些開心……啊，等等！妳別走！」

「吾始終如一，休得胡言亂語。」

「好吧，就當是這樣吧。」

「『就當是』？何言『就當是』？」

「把手伸出來。」

「意欲何為？」

「手。」

「休想。」

高峻硬拉起壽雪的手，在其掌心放了一小樣東西。仔細一看，原來是一只小巧精緻的木雕之鳥。

「如何又多一鳥？」

「這種鳥叫『小雀』。」

高峻又拘泥起了鳥名。

「朕沒有上色。看起來跟妳很像，對吧？」

「……因其小耶？」

「小而可愛。」

「……」

這指的一定是鳥。壽雪如此告訴自己。如果指的是自己的話，那眼前這個男人的眼睛一定有問題。像她這種孤僻又惹人厭的丫頭，有哪一點可愛？

壽雪看著掌中的小雀。雖然尺寸比窩燕小了一些，但同樣相當精緻。羽毛看起來蓬鬆柔軟，微微歪著頸子的神態簡直像擁有生命一般。

「……教汝雕刻之人，必非等閒之輩。」

「他原本想當個玉匠。做這種手工活，就不必開口說話。」

壽雪歪著頭，不明白高峻這麼說是什麼意思。

高峻帶著一臉感慨神情，看著那小雀說道：

「丁藍是個啞巴。聽說他原本也是良家子弟，卻因為無法當官，被過繼給別人家當養子，那一家人又為了錢而將他送進後宮當宦官。他原本被分配到主殿寮，後來因為性情耿直受到青睞，被轉調到東宮府，負責照顧朕。」

丁藍有一雙靈巧的手，任何東西都可以製作得精巧別緻，很快就在年幼的高峻心中留下深刻印象。

「他是個開朗又隨和的人，雖然沒有辦法說話，但不知道為什麼，卻能與朕心意相通。或許是因為他一直陪在朕身邊的關係，不管是開心、難過還是困擾，朕都能夠一眼看出。」

原本表情慈和的高峻，此時突然臉色一沉，接著說道：

「丁藍死的時候，朕正以廢太子的身分居住在魚藻宮內。那一天是收穫葵菜的日子，丁藍知道朕喜歡吃葵菹❶，所以想到後宮的園池司討些葵菜。朕跟他說不用，他還是笑著出宮去了。沒想到那成了朕見到丁藍的最後一面。丁藍在從園池司回來的路上，被一群追隨皇太后的宦官擒住了。皇太后知道朕很依賴丁藍，因此一直在找機會將丁藍從朕的身邊奪走。他們誣賴丁藍偷竊葵菜，竟然活活將他打死。當朕趕到的時候，已經太遲了。丁藍的遺體只能以遍體鱗傷來形容，身上到處是以棍棒毆打及拳打腳踢的傷痕。」

明明是在訴說一件極其悲慘的事情，高峻的口吻卻平靜得令人不寒而慄。宛如沒有風的水面一般幽靜，猶如漆黑的夜晚一般死寂。在那深邃的黑暗之中，彷彿躲藏著一隻沒有人知道的惡鬼。

1 醃漬葵菜。

直到這一刻，壽雪才真正隱約感受到了潛藏在高峻內心深處那一股靜靜流竄的恨意。那是一股嗜血的憎恨。雖然皇太后已遭到處刑，這股飢渴感從未有一刻消失。就好像一頭屏住了呼吸，正等著機會要將心靈啃食殆盡的野獸。

「……妳跟九九和好了嗎？」

高峻忽然改變了話題。一時之間，壽雪竟無法理解他問的是什麼事。

支吾半晌之後，壽雪才說道：

「……本無交情，何來和好？」

壽雪還沒有把絲泡糖送給九九，甚至連話也還沒有說過幾句。但壽雪心想，自己和九九只是主人與侍女的關係，並非朋友關係，哪有什麼和好不和好的問題？

「朕勸妳別這麼固執，以免抱憾終生。妳心裡應該很想跟她和好，不是嗎？」

「吾從未有此意。」

「當初妳惹她生氣時，妳不是很煩惱嗎？」

「……」

壽雪想要反駁，卻不知該說什麼才好。

「要不要安排侍女在身邊，是妳的自由。明明是妳自己選擇讓她當妳的侍女，為什麼妳要否定這件事？」

壽雪緊緊咬住了嘴唇。

「是因為那個祕密，讓妳如此拒人於千里之外嗎？」

所謂的「那個祕密」，指的當然是壽雪為欒家後裔。壽雪將頭轉向一邊，說道：

「吾天性如此。」

「這種謊言是瞞不久的，妳這個人並沒有妳自己所想的那麼無情。」

「吾向不語讕言……」

「因為妳是烏妃嗎？」

壽雪再度轉頭望向高峻。

「何出此言？」

「妳故意不與人往來，並非因為那個祕密，而是因為妳是烏妃？」

壽雪仔細觀察著高峻的表情，心裡暗想，這男人到底知道了多少？

半晌之後，壽雪移開了視線。

「壽雪……」

「吾不答，汝不可強逼。」

這是烏妃的特權。

壽雪背對著高峻邁步而行。高峻又喊了一聲「壽雪」，壽雪沒有停下腳步，只是應了一句「尚有何事」。

「朕勸妳趕快跟她和好。」

壽雪霍然止步。

——此事與汝何干？

壽雪原本想要這麼說，卻只是默默轉頭，一個字也說不出口。

「若等到人事全非，可就太遲了。」

高峻雖然口氣平淡，聽在壽雪的耳裡卻有一股沉重的力量。壽雪目不轉睛地看了他一會兒，終究還是轉身離去。

回到夜明宮時，九九正在擦拭著窗櫺。侍女在夜明宮裡能做的事情不多，因此白天她經常像這樣打掃著殿舍。

九九一看見壽雪歸來，立即停下動作，朝壽雪行了一禮。

「雲雀已化度矣。」壽雪說道。九九一聽，登時喜上眉梢。

「真的嗎？謝謝娘娘。」

壽雪見了九九的開心表情，內心也感到鬆了口氣。今天自己外出也沒有事先告知九九，所幸雲雀的事情似乎已讓她把心中的怨言忘得一乾二淨。

壽雪在椅子上坐了下來。

——朕勸妳趕快跟她和好。

高峻這句話迴盪在壽雪的腦海裡。原本兩人就不是什麼朋友關係，九九只是想要盡身為侍女的職責，而自己並不需要侍女。明明事情如此簡單，壽雪卻感覺心中一直有個疙瘩。

「……昨日是吾之過。」

九九正在煮茶，忽然聽見壽雪這麼說，驚訝地停下了手頭的動作。

「吾聞侍女得賞賜乃是常事，故有昨日之舉。吾實為得汝歡心，並無他意。」

沒錯。打從一開始，壽雪就只是想要討九九的歡心，她希望讓九九覺得當自己的侍女是一件很開心的事。至於為什麼會有這麼愚蠢的想法，壽雪也說不出個所以然來。

「娘娘……」

九九睜大了眼睛，一臉惶恐地跪在地上說道：

「娘娘千萬別這麼說……是我言詞無禮，冒犯了娘娘，就算娘娘將我痛打一頓，我也不敢有怨言。天底下有哪個奴僕會像我這樣，跟主人頂嘴？紅翹也把我罵了一頓，說我不該因為娘娘平易近人，就對娘娘沒大沒小……」

九九接著告訴壽雪，她一直擔心自己會遭到處罰，甚至是被逐出夜明宮。

「吾亦非顯達權貴，豈能降罪於汝？只因夜明宮內未嘗有侍女，吾不明管待之道，故有此失。」

「娘娘，您的意思是我還能待在這裡？」

「汝願居此宮？」

「讓娘娘一個人住在這裡，我不放心。」

「汝來之前，吾諸事自理，並不以為苦。」

「我的意思是……您一個人住，應該很寂寞吧？」

壽雪眨了眨眼睛，說道：

「……吾獨來獨往，豈有寂寞之理？」

「怎麼可能不寂寞？雖然我什麼事都不懂，但我看得出來，娘娘一直是處於精神緊繃的狀態。我想娘娘應該每天都覺得很累吧？」

壽雪一時啞口無言。眼前這個女孩明明什麼也不知道，只是和壽雪一起生活了一陣子，竟然已看穿了壽雪的本質。

——好累。真的好累。偏偏再怎麼累，也沒有辦法向任何人傾訴。

眼前的景象一片模糊。壽雪不禁輕嘆一口氣，說道：

「……茶沸矣。」

「啊！糟糕……」

九九在茶釜中加了一些鹽，取長匙攪拌，登時熱氣蒸騰、茶香四溢。壽雪閉上雙眼，深吸一口氣，以袖子蓋住了顫抖的手指。

「娘娘，請用茶。」

九九倒了一杯茶，遞到壽雪的面前。壽雪有半晌動也不動，只是聞著那熱氣與茶香。

「我們都知道娘娘會把頭髮染黑。」

壽雪一聽，猛然抬起了頭。

「但是我跟紅翹絕對不會把這個祕密洩漏出去。我們相信娘娘一定是有什麼難言之隱。所以在這個宮裡，娘娘可以放寬心，不用那麼緊張。」

九九面露微笑。壽雪凝視著茶杯，說道：

「……感激不盡。」

壽雪端起了茶杯。

——無法拋開的負擔又增加了。

九九的一席話雖然在壽雪的心頭帶來了一絲暖意，卻也像是一道沉重的枷鎖，綁得壽雪喘不過氣來。

茶湯流過咽喉。雖然溫熱，卻也苦澀。

高峻在深夜裡醒了過來。不，嚴格說來並不能算是醒。因為高峻一直沒有熟睡，只是從半夢半醒的狀態睜開了雙眼。高峻在床上坐起上半身，望向簾帳。眼睛逐漸適應黑暗，隱約可看見薄絲簾帳泛著淡淡的白光，白光的後頭似乎有著人影……

高峻看著簾帳外的人影，翻身下床，拉開簾帳，來到了帳外。

有人一直站在房門前，而且是兩個人。這兩個人就只是站在那裡，一動也不動。最近這一陣子，每天到了深夜，這兩個人就會出現在門邊。四下一片漆黑，高峻卻能將這兩人的身影面容看得一清二楚，可見得這兩人絕非一般人。但就算撇開這一點，高峻心裡也很清楚，眼前這兩個人是幽鬼。

「……母親、藍……」

站在門邊的那兩個人，正是高峻的母親及丁藍。高峻緩緩靠近兩人，但兩人依然動也不動，彷彿在守著門口一般。

兩人的衣著並非乾淨整潔。母親一臉慘白，口中流出了大量的鮮血，把上衣都染紅了。光從這幅景象，便可看出她是遭到了鴆殺。至於旁邊的丁藍，則是長袍嚴重破損，上頭沾滿了汙泥與鮮血。生前總是帶著慈和微笑的臉孔，此時卻到處是瘀青及紅腫。雙手及雙腳上也全是鮮血，血滴不斷滴落在地板上。

兩人都凝視著高峻，但高峻一點也不害怕。

——每天到了早上，高峻總是會發現自己睡在床上，門邊也不會留下任何兩人曾經存在過的痕跡。

向玻璃祈禱

夜鶯鳴囀。那鳴聲能夠如此悠閒自在，是因為夜貓子❶在後宮被視為禁鳥，無人放養之故。據說烏漣娘娘討厭夜貓子，就算放養了也活不久。壽雪拉開了槅扇窗。簷下的燈籠一如往昔無人點火，此時窗外一片漆黑，伸手不見五指。春天的柔和晚風拂過肌膚，讓人有種軀體與夜色融為一體的錯覺。

「不知陛下今晚來不來？」

九九一邊安置被褥一邊說道。

「願其莫來。」

高峻每次來訪總是相當唐突，不會事先知會。來了只會增加麻煩，不如別來最好。

「娘娘，您怎麼又說這種話……明明打開了窗戶，正等得心焦呢。」

「……」壽雪乾脆地關上了窗戶。九九好像誤會了什麼。她似乎以為高峻是寵幸壽雪才經常來訪。

「九九，烏妃向不夜侍帝王。」

「娘娘，我知道。」

這丫頭應該還是搞錯了什麼。壽雪如此想著，命九九退下，又拉開了槅扇窗。壽雪坐在窗緣上，享受著晚風的吹拂。

民間傳聞入夜之後會有夜遊神出沒，因此夜晚在戶外行走被視為一種禁忌。每天太陽一下山，坊門就會緊閉，各坊居民無法往來通行。如果孩子在外遊玩不肯回家，父母總是會以「小心被夜遊神抓走」來嚇唬孩子。宮城也依循此習俗，每到入夜之後，全宮城大小上百道門都會關閉，任何人都不得通行。

但凡事都有例外。宮城裡的後宮及民間的青樓正是最典型的例外。而且因為絕大多數的人一到夜晚便足不出戶，所以許多祕密集會及違法交易也都會選在深夜進行。

「夜遊神……」

壽雪凝視著黑暗，嘴裡如此呢喃。

驀然間，遠方出現了一點火光，壽雪立即跳下窗緣。看來那傢伙真的學不乖，又跑來串門子了。

壽雪拉上槅扇，從跳來跳去的星星旁邊通過。進入了簾帳內，坐在床緣，凝視著門口。

不一會兒，門扉開啟，高峻與衛青走入門內，衛青吹熄了手中的燭臺。

---

1 貓頭鷹的古稱。

壽雪走出了帳外，高峻大剌剌地坐在椅子上。

「今日又有何事？」

「除了第一次之外，朕哪一次來找妳有事了？」

高峻擺出一副理所當然的表情。

「無事速回。」壽雪說道。

「昨天的絲泡糖吃了？」

「贈予九九矣。」

「好，那妳要這個嗎？」

高峻從懷裡取出了一個小布包，放在几上。那小布包散發著一絲甜香。壽雪走到高峻的對面坐下，扯開小布包。裡頭還有一層紙包，再將紙包攤開，是一塊浮餾餅。那是一種以麵團燒烤之後裹上白蜜的糕點。

「汝以為但有食物在手，便可自由進出夜明宮？」

「妳不要嗎？」

「若不要，早已將汝逐出門外。」

「看來妳很喜歡，真是太好了。」

「汝幾時聽吾言『喜歡』二字？」

「今天朕來找妳，倒也不是完全沒事。」

高峻自顧自地切入了正題。壽雪心想，既然有事為什麼不打從一開始就說出來？

「聽說後宮又有幽鬼出沒。」

壽雪蹙眉說道：

「常有之事，何須多言？」

「後宮確實多幽鬼，但這幽鬼有些不太一樣，它並非任何時候都會出現。妳知道嗎？鴛鴦宮的南側有一排柳樹，每年到了柳樹開花的時期，夜裡這幽鬼就會出現在柳樹的樹蔭下，但是到了柳絮飛舞的時期，這幽鬼就不再現身。」

「……莫非為柳花精？」

「不……」高峻略一遲疑，瞥了壽雪一眼，說道：

「那幽鬼有著一頭銀髮。」

壽雪轉頭望向高峻。高峻沒有再說下去。

既然有著一頭銀髮，很可能是前朝欒家的幽鬼。

「……或為訛傳，真偽難辨。」

「朕也不曾親眼見過，但是聽說當年欒朝皇帝及眾皇族幽鬼，會時不時出現在炎帝寢室的傳聞是真的。」

「真有其事？」

「妳不知道嗎？聽說是上一代烏妃將幽鬼驅除了。」

「……吾實不知。」

當年麗娘從來不曾提過這些。炎帝在世期間，壽雪還沒有出生，想來麗娘也沒有必要特地提及。

「倘若這柳樹下的幽鬼也是欒家之人，代表這幽鬼當年沒有出現在炎帝寢室，所以才沒有遭到驅除。既然化成了幽鬼，不去找殺死自己的仇人，跑到柳樹下做什麼？」

壽雪沉吟半晌後問道：

「……此幽鬼是男是女？」

「朕也不知道。只聽說有著一頭銀色長髮，身穿紅衣，但沒有人看得真切……妳是不是想到了什麼？」

「莫非是欒冰月？」

自稱名叫欒冰月的幽鬼，曾出現在壽雪的面前，以脅迫的方式要求壽雪答應他一件事。

但那到底是什麼事，到頭來她還是不知道。

「關於冰月之事，已知詳情否？」

壽雪曾要求高峻將欒冰月的生前事蹟好好調查一番。高峻輕輕點頭，說道：

「欒冰月是前朝皇帝么子的兒子，雖是皇族，但由於不參與政務，留下的官方紀錄並不多。聽說他是個巫術師，這方面倒是有不少傳聞。據說他曾看出皇后遭人下了詛咒、把無禮犯上的宦官變成了後宮池塘裡的魚、甚至還找回了公主的遺失物。對了，聽說他是前朝皇族裡數一數二的俊美青年。」

正史上的記載寥寥可數，卻留下了許多傳奇事蹟。

「還有一點，不知道為什麼，他本來要被過繼給他所師事的巫術師當養子。還有一派傳聞是他已經過繼了。」

「養子……」

過繼給他人當養子，代表著喪失皇族的尊貴身分。巫術師重視的是個人才能而非家世背景，照理來說並沒有過繼的必要，為什麼欒冰月要這麼做？

「……此幽鬼現身於柳花時節？」

現在正是柳樹開花的時節，與其在這裡空臆測，不如親自前往確認。

就算那幽鬼並非冰月，還是可以將其化度，送往極樂淨土。壽雪於是起身說道：

「帶吾往見此幽鬼。」

「好。」

高峻毫不遲疑地答應了，朝著門口走去。倒是衛青臭著一張臉，似乎相當不以為然。

衛青點起了燭臺，率先走在夜色之中。今晚有皎潔月光，眼睛習慣了黑暗之後，隱約可看見淡藍色的景象。

「聽說在月明之夜，夜遊神不會出來，是真的嗎？」

「夜遊神不喜光明。」

「所以青樓及後宮才會故意點亮這麼多燈火？」

高峻望向遠方的鄰宮。迴廊上及殿舍的簷下皆有一盞盞的燈籠，綻放著耀眼的光芒，與一片漆黑的夜明宮可說是有著天壤之別。

「汝對青樓一無所知。」

「朕曾聽過一些傳聞。」

「青樓僅樓外燈火輝煌，樓內極少點燈。」

「為了避免失火？」

「若燈火如晝，眾妓臉上厚粉、皺紋無所遮掩，頓失情趣。」

「噢……這可讓朕長了知識。」高峻發出了不知是敬佩還是錯愕的驚嘆聲。

「夜遊神時時扮作凡人面貌。汝於後宮行走，夜遊神或會混入宦官之中，汝務須小心在意。」壽雪叮嚀道。

「好，朕會小心。」

高峻的口氣，實在讓人聽不出來他是當真這麼認為，還是隨口敷衍。壽雪蹙眉慍道：

「吾非說笑。」

「朕沒說妳說笑。」

高峻雖然如此澄清，但他的表情及聲音毫無變化，實在讓人捉摸不透他的心思。壽雪不禁心中咒罵，和這個男人真的很難相處。

「朕知道妳絕對不會故意危言聳聽。妳說出口的話，必定於對方有所助益。妳是一個說話具有誠信的人。」

高峻淡淡地說道。然而壽雪一聽，頓時覺得渾身不對勁，就像被高峻呼喚名字時一樣。

壽雪不再說話，而高峻也保持著沉默。三人就這麼默默地走著，經過了鴛鴦宮，繼續往南方前進。月月紅的籬笆不斷飄來花香，高峻從佩飾中抽出一把小刀，將一朵月月紅連枝帶葉砍下，以刀尖斬去棘刺，默默遞給壽雪。

壽雪聞了花香，下意識地伸手接過。

「聽說在夜明宮沒有辦法栽花種草，是真的嗎？」

壽雪聞著花香，應了一聲「然」。

「為什麼？」

「烏漣娘娘不喜花草。」

壽雪不知道自己為何回答得如此坦率。每次跟高峻說話，自己總是會變得有點奇怪。

「烏漣娘娘但好吾之牡丹。」

「……聽說夜明宮原本是烏漣娘娘廟，如今妳在宮裡還是會祭拜烏漣娘娘？」高峻納悶地問道。

壽雪暗想，自己有點說得太多了，決定不再繼續回答。她原本想要將花丟棄，但猶豫了一下，還是插入腰帶中。

「大家……」

衛青停步說道：「柳樹就在這前頭。」

周圍不再有攀布著月月紅的籬笆，前方轉而出現了一片樹林，看那模樣，依稀是片桃林。桃林的前方就是一排柳樹，此時正值花季，無數的花穗自樹上垂落，在月光照耀下熠熠發亮。

壽雪輕輕吐了一口氣。在垂擺的柳樹花穗之間，隱約出現了一道人影，搖曳著銀色的光輝，有如身上灑滿了月光的鱗粉。

那是一名銀髮飄逸的女子。白皙的面容帶了幾分愁色，雖然微低著頭，但依然可看出那是一位淒美脫俗的絕色佳人。她的上身穿著紅色衫襦，下身穿著長裙……不，那紅色不是衫襦的顏色。是血。鮮血的顏色把衫襦染紅了。仔細一看，她纖細的頸子上有著長長一道怵目驚心的傷口，大量的鮮血正不斷汩汩冒出。

衛青悶哼一聲，趕緊以手摀住了自己的嘴，才沒有發出尖叫。

壽雪從以前就懷疑衛青其實很怕這類妖魔鬼怪，今日一見果然沒錯。至於高峻，則依然是一副泰然自若的神情。

壽雪從上到下仔細觀察那幽鬼。她銀色的長髮垂掛在肩上，並沒有結成髮髻，除了頸子上有一道長長的傷痕略顯怵目驚心，身上的衣著倒相當華貴。綾絹衫襦上織著鴻鳥，長裙上印染著海濤紋路，披帛為七色彩染，腰上還佩掛著精心雕琢的美玉。

此刻明明沒有風，柳花穗卻輕輕搖擺。

下一瞬間，那幽鬼就像煙霧一樣消散得無影無蹤。

「……是個女人。」高峻說道。

壽雪點了點頭。那不是冰月。

「但那銀髮……應該是欒家的人沒錯，看來是名公主。」

「此女身著鴻衣。」

鴻衣上的鴻鳥是公主的象徵。

「汝可知此女身分？」壽雪問道。

高峻輕撫下顎，說道：

「朕只知道當時的公主共有三人，詳情還得再查看紀錄。聽說當年祖父命令大軍殺入後宮，有不少後宮的女人不願受辱而選擇自盡。」

幽鬼頸子上的刀傷，或許正是自殘的結果。

「不過剛剛那幽鬼的腰上所佩戴的瑪瑙玉，朕似乎曾在凝光殿的庫房中見過。」

「凝光殿庫房？」

「凝光殿的寶物庫。所有的寶物都收藏在裡頭，包含欒家的寶物。」

「遺體身上飾物，亦入汝庫中？」

壽雪的口氣不知不覺帶了三分譴責之意。

高峻沉默不語。

但這些事都不是高峻所做，責備他也是無濟於事。壽雪轉頭望向柳樹，說道：

「若有此瑪瑙玉，便可知幽鬼身分？」

「獻物帳上記載了所有寶物的原始主人身分。」

「既是如此，願入庫一觀。」

「……妳要看獻物帳？」

「吾自入庫觀之，事可速成。」

高峻每日忙於政務，要是等到他有空才進寶物庫查看，恐怕花期已過，幽鬼亦不再出現。如此一來，要將這幽鬼送往極樂淨土，恐怕得等明年了。

「這可有點傷腦筋……依規定寶物庫只有朕及羽衣❷才能進入。」

「汝不對外人言，何人會知？」

2 管理寶物庫的宦官。

高峻一時瞠目結舌，不知如何回應。一旁的衛青瞪了壽雪一眼，眼神彷彿在說著「妳說這是什麼話」。

「……根據律令，烏妃有沒有這個權限，朕也有點忘了……」

高峻雙手抱胸，嘴裡呢喃唸個不停。

「烏妃娘娘！」衛青壓低了聲音對壽雪說道：「請不要再給大家出難題了。大家為人耿直真誠，您提出這種要求，只會給他添麻煩。更何況還是這種違反紀律的事情……」

壽雪只把衛青的抱怨當作耳邊風，專心凝視著柳樹，心裡左思右想，不明白那幽鬼為何會逗留在這種地方。

「好吧，那就照妳的意思。」高峻說道。

壽雪轉頭望向高峻。

「天亮之前，朕會派人過去接妳。那時候朕得主持朝議，但朕會留下鑰匙，妳進寶物庫儘管看吧。」

高峻感慨萬千地看著壽雪，接著說道：

「……只要烏妃出手，天底下有什麼東西得不到？只不過是進寶物庫看一看，也不是什麼大事。」

果然溫螢已經把那件事向高峻回報了。壽雪什麼話也沒說，只是仰頭望著高峻。兩人就這麼默默對看了好一會兒。

最後是高峻先移開了視線。高峻望向柳樹，改變了話題：

「為什麼這幽鬼只會在柳花的季節出現？」

壽雪回應道：

「此幽鬼乃藉柳花精之力，以現其形。生前或與此柳有若干緣分。」

「原來如此，幽鬼也有各種不同的境遇。」

「大家……」原本心懷不滿也不敢插嘴的衛青，此時忽然開口說道：

「最近那件事情，何不請娘娘相助？」

「何事須吾相助？」壽雪看了看衛青，又看了看高峻。

「我原本還以為大家今天來見烏妃，是為了那件事情呢……」

「青，那件事無須再提。」

「但是這麼下去，您的身子……」

「朕說不用再提。」

高峻的口氣雖然平淡，卻有著一股不容反抗的威嚴。衛青無奈，只能應了一聲「是」。

「究竟是何事？」壽雪再三詢問，衛青卻是三緘其口，再也不肯答話。壽雪望向高峻，問道：

「汝身邊亦有幽鬼擾人？」

高峻的眉毛微微一顫，卻是什麼話也沒說。

「……如何不肯明言？」

「這件事不用妳幫忙。」

高峻轉過了身。壽雪凝視著他的側臉，問道：

「……汝母之幽鬼乎？汝友之幽鬼乎？」

出現了幽鬼卻不想尋求化度之道，大概就只有這幾種可能而已。壽雪隨口說了出來，果然一語中的。而高峻沒有答話，就等於是默認了。

壽雪轉頭望向衛青。衛青一邊觀察著高峻的臉色，一邊低聲說道：

「最近這一陣子，大家晚上總是無法入眠……」

經衛青這麼一說，壽雪也覺得高峻的氣色相當差。難怪衛青會這麼擔心。

「不用再說了。青，走吧。」

高峻轉身邁步。壽雪看著高峻的背影，陷入了沉思。

到了五更四點[3]，果然有人到夜明宮來迎接壽雪，那個人正是衛青。這時天還未亮，但遠處的天空已泛起了魚肚白，高峻此時正在主持朝議當中。

「請娘娘移駕。」

衛青恭恭敬敬地行了一禮。為了迎接壽雪前往寶物庫，他必須離開原本形影不離的皇帝，心裡想必相當不滿吧。只見他臭著一張臉，雖然恭謹，臉上卻是毫無笑容。

壽雪於是隨著衛青出了夜明宮。由於必須進入寶物庫，沒有辦法將九九帶在身邊，九九只能一邊幫壽雪梳頭，一邊再三叮嚀「娘娘萬事小心」。

雖然只是去一趟寶物庫，並非深入龍潭虎穴，但是在九九的心裡，似乎光是離開後宮就是一件相當危險的事情。不過雖然是離開後宮，但是並非要到外廷，只是要前往皇帝居住的內廷而已，嚴格說來與後宮並沒有太大的差別。

3　約凌晨四點至四點半。

壽雪像平常一樣身穿黑衣，並沒有改裝易容。以這次的情況來說，維持烏妃的身分反而能夠省去許多麻煩。

衛青將高峻署名的令狀拿給衛士看過，帶著壽雪出了後宮。兩人徒步走向凝光殿，並沒有乘轎。走了一會兒，整片天空無聲無息地透出微弱光芒。

東方的遠處逐漸呈現珊瑚色，星辰在由群青色轉為淡藍色的空中一顆接著一顆消失，空氣彷彿尚在熟睡一般停滯不動。不管是白天還是黑夜，春天都給人一種恬適柔和的感覺，身體與周圍空氣的界線彷彿也變得模糊不清。

兩人穿過一座鋪著鵝卵石的廣場，經過了幾道門，終於看見凝光殿出現在前方。凝光殿正如其名，琉璃瓦正反射著曙光，有如鋪滿了玉石一般光彩奪目。

殿舍的正前方有兩名宦官正等在那裡。衛青與壽雪一走上石階，兩名宦官便恭敬地推開了門，殿內一片寂靜，空氣中瀰漫著一股寒意。兩人首先來到了一處空空蕩蕩的大廳，除了朱紅色的柱子之外，就只有花臺上擺了一些瓷壺及銅壺，除此之外什麼也沒有。

穿過了大廳之後，他們拐入一條長廊。微弱的光芒不斷自三個方向的槅扇窗外透入，地板上以有色的石塊排列出了花紋，走在上頭會發出又脆又重的聲響。

壽雪一邊走著，一邊問道：

「昨夜又見幽鬼乎？」

壽雪指的當然是出現在高峻身邊的幽鬼。

走在前面的衛青沒有回頭，也沒有答話。兩人走到了轉角處，衛青忽然轉過頭來，以一臉遲疑的表情皺眉說道：

「我接下來要說的話，您能保證不告訴大家？」

或許是因為高峻不准衛青提起這件事，所以他一直猶豫不決。但他最後還是決定說出來，想必是為高峻的身體擔心。

壽雪只簡單回應了一聲「吾不說便是」。沒想到衛青一聽，反而露出了比剛剛更複雜的表情。

「何故遲疑？」

「我只是……本來以為娘娘會說一些尖酸刻薄的話。」

「汝視吾為何人？」

在衛青的眼裡，壽雪似乎是個把皇帝耍得團團轉的狐狸精。但以結果而言，壽雪反而覺得自己才是那個被耍得團團轉的人。

「小人無禮，請娘娘莫怪。」衛青道了歉，繼續邁步而行。

「大約一個多月前，大家的身邊開始出現幽鬼。」

衛青一邊邁步，一邊向壽雪解釋。

「我是直到最近才知道這件事。這陣子大家臉色憔悴，我相當擔心，但是大家不肯對我明說，總是說他沒事……直到冬官也看出大家最近夜不安眠，我心想事情一定不單純，再三向大家詢問，他才說出了實情。」

衛青的詢問方式，一定是表面上恭敬謙卑，骨子裡卻是說什麼也不肯罷休吧，完全不難想像那個畫面。

但令壽雪更加在意的是另一件事。

「冬官？冬官乃不朝議之官，帝如何得見？」

「大家為了詢問關於烏妃娘娘的事，特地去了一趟星烏廟。」

「……何做此無益之事？徒費心神，必無所得。」

衛青瞥了壽雪一眼，繼續說道：

「大家告訴我，每天到了半夜，謝妃及丁大哥的幽鬼就會出現在門前。」

「丁大哥即丁藍乎？」

「對，我總是這麼叫他。雖然他的年紀其實已足以做我的父親，但他說叫大哥比較不那麼拘謹。」

壽雪隨口應了一聲。看來衛青與丁藍也頗有交情。

「幽鬼為兩人？此兩人僅端立不動？」

「似乎是這樣。我曾建議大家，晚上讓我在寢室內護衛，但是大家說沒有必要，所以實際上是什麼樣的情況，我也不清楚。大家說那兩人就只是站在那裡，不做任何事也不說話，所以不必理會……」

壽雪嘆了一口氣，說道：「愚不可及。」

衛青停下腳步，轉過頭來，對壽雪怒目而視。

「娘娘這麼說，未免太過無禮。」

又來了。每次只要言詞對高峻稍有不敬，衛青馬上就會像這樣氣急敗壞。壽雪懶得理他，將頭轉向一邊。此時兩人正好來到走廊的分岔處，壽雪望向走廊的遠端，說道：

「該處既為寢殿？」

走廊的另一頭便是通往背後殿舍的方向。

「沒錯。」衛青點了點頭。壽雪對著那方向凝神細看。

——此事有些蹊蹺……

「娘娘，您有辦法化度那兩個幽鬼嗎？」

「化度不難，但……」壽雪歪著頭問道：「汝言幽鬼夜夜現身，至今約過月餘？」

「是的。」

壽雪凝視寢殿，半晌後說道：

「此事須另做計較。」

「什麼意思……？」

「寶物庫之事當先了結……庫在何處？」

「唔……請往這邊走。」衛青雖面露狐疑之色，還是率先邁步。壽雪跟在衛青的身後，兩人彎過幾個轉角，經過幾處岔路，來到了殿舍的深處。

壽雪早已記不得來時之路，沒辦法獨自回到入口處。又走了一會兒，前方出現一扇門。雖然不大，卻是一扇堅固厚實的鐵門。壽雪心想，這裡應該就是寶物庫了。門前站了一名矮小的年老宦官，身穿消炭色❹長袍，頭戴濃鼠色❺幞頭，上頭插著雪雁長羽。那宦官看起來老態龍鍾，臉上肌肉下垂，皺紋多得數不清，卻又氣色紅潤且皮膚光滑細緻，讓人搞不清楚年紀。他對著壽雪深深行了一禮，以又尖又細的聲音說道：

「小人羽衣，在此恭候娘娘大駕。」

壽雪聽他說的是職銜，問道：

「何姓何名？」

「小人沒有姓名，但喚羽衣便是。」

在擔任羽衣之前，怎麼可能沒有姓名？但壽雪也不追究，只是默默點頭。羽衣從懷裡取出鑰匙，打開了鎖，衛青與羽衣合力將鐵門推開，沉重的門板發出了吱嘎聲響。

「我不能進去，就在這裡等娘娘。」衛青說道：「請娘娘小心在意，勿損壞了寶物。」

衛青在說到「小心在意」的時候，還故意加重了語氣。壽雪不滿自己被當成了小孩子，連應也沒應。羽衣恭恭敬敬地請壽雪入內，壽雪踏入一步，先環顧四周。裡頭空間不大，擺滿了棚架，架上放著大大小小的箱子。或許是因為沒有窗戶的關係，總覺得有些呼吸困難。

往房內走了幾步，壽雪佇足望向左手邊的牆壁。那裡沒有棚架，整面牆畫了一大幅壁畫。正中間有一座接近正圓形的小島，周圍畫滿了代表大海的藍色波浪紋路。大海的東側及西側角落各有一片貌似果樹林的地方，那是神明的居處。這顯然是一張非常古老的天下地

4 指灰褐色。

5 指紫灰色。

圖。寶物庫長年沒有陽光透入，這張古老的地圖才能維持著原本的色彩。從前麗娘曾經拿類似的圖畫給壽雪看過，圖中的圓形小島就是霄國。

「烏妃娘娘，請往這裡來。」

羽衣站在房間深處朝壽雪說道。壽雪走了過去，只見羽衣手中捧了一只木盒。那木盒相當小，約只兩隻手掌大。旁邊有一張小几，羽衣把盒子放在小几上，打開盒蓋，裡頭是一塊紅色條紋的瑪瑙玉。

「這就是明珠公主的玉珮。」

「明珠公主……？」

「欒朝末代皇帝的二公主，當時可是舉世聞名的大美人。」

羽衣以高亢的聲音侃侃說道。由於字句毫無抑揚頓挫，聽起來像是在背誦一段文章。

「得年二十有四。我朝禁軍進駐後宮之際，明珠公主不願遭擒，在柳樹下取刀自斷咽喉而亡。這玉珮正是當時她佩戴在身上之物。」

「柳樹下……」

壽雪瞪大了眼睛說道：「此言當真？」

「當時小人已是羽衣，記得很清楚。這是她自刃用的小刀。」

羽衣打開了几上的另一只盒子。裡頭放著一把小刀，刀鞘上裝飾著晶瑩美玉。

「這一本是獻物帳。」

几上另外還攤開了一冊書卷，羽衣似乎已事先找到了記載這兩樣東西的位置，上頭確實寫著「明珠公主玉珮」及「明珠公主小刀」。

「……汝言公主得年二十四？容姿舉世聞名卻未得婚配，長年居於後宮之中？」

「是的。」

「此是何道理？」

羽衣將頭微微偏向一邊，似乎是在思考這個問題，由於臉上毫無表情，看起來簡直像一具雕刻得維妙維肖的人偶。高峻雖然也同樣面無表情，卻比這個宦官有人味多了。

「小人也不清楚。」羽衣將頭移回原本的位置，向壽雪問道：「娘娘要看明珠公主的畫像嗎？」

壽雪雖驚愕於羽衣那死氣沉沉的神態，還是點了點頭。羽衣於是無聲無息地消失在棚架之間，不一會兒抬了一座屏風回來。以羽衣的矮小身材，照理來說抬這屏風應該相當吃力才對，他的動作卻顯得游刃有餘。

羽衣將屏風攤開在壽雪的面前，那屏風共有六面，每一面上頭都畫著一個人物。人物畫像有男有女，而且都是相當年輕的俊男美女。

「這六幅畫像，畫的是皇族欒家之中，相貌最為秀麗俊美的六人，其中的這位就是明珠公主。」

羽衣指向最左側的畫像。那是個身穿青衣的美女，一頭銀髮在頭頂上打了髮髻。削瘦而纖細的四肢看起來楚楚可憐，描繪白皙臉頰與雙眸的筆觸相當柔和而優美。而她的全身有如沾上了露水一般隱隱生輝，讓人聯想到柔和而溫暖的軟玉。以容貌而言，確實與柳樹下的幽鬼如出一轍，但身上少了鮮血，給人的印象完全不同。

明珠公主的髮髻上插著一支相當獨特的飾物。那是一支乳白色的玻璃篦櫛，圖紋為牡丹花與波濤。畫中的公主將一隻手托在篦櫛的旁邊。

「……此玻璃篦櫛，亦在庫中？」壽雪問道。

羽衣將臉湊向畫像，看了一會兒之後轉向壽雪，說道：

「庫中沒有此物。」

「如此珍物，豈能不在庫中？」

「當時後宮有許多寶物都被盜走了，不知下落的奇珍異寶亦所在多有。」

「……原來如此。」

壽雪心中思索，兩眼不自覺地望向屏風。明珠公主的隔壁那面，畫的是一名年紀比明珠公主還小的少女。這個身上佩掛著金銀珠玉、臉上表情天真無邪的少女，多半也已成為無情刀鋒下的犧牲者。少女的旁邊，畫的是一名年紀與少女相仿的少年；再旁邊是一名年約二十歲的青年；再旁邊則是一名同樣年約二十歲的女性。至於最右邊那一幅……

壽雪的目光停留在屏風最右側的那一面上。

畫中是一名青年，銀髮垂掛在肩膀上，身穿藍色長袍。其眼中不帶絲毫的憂鬱與哀愁，與壽雪親眼所見的本人頗不相同。但同樣有著令人不敢輕易靠近的神祕美感，讓人聯想到皎潔而冷澈的月光。

欒冰月。

「這位是皇孫冰月。」羽衣沿著壽雪的視線望去，說道：「他不僅是名聲響亮的巫術師，而且還是皇族之中的第一美男子……」

羽衣所描述的冰月生平經歷，與高峻所說的相去不遠。羽衣的聲音不僅沒有抑揚頓挫，而且毫無窒礙，有如行雲流水，說得滔滔不絕。壽雪不禁懷疑，眼前這名羽衣是把所有的歷史紀錄及逸聞傳說全都記在腦海裡了。

「足矣，無須再言。」

壽雪聽完了關於冰月的事蹟，轉身便要離開。回到庫門的路上，壽雪在壁畫前停下腳步，朝那壁畫瞥了一眼，才又邁步而行。

「謝汝相助，吾獲益良多。」

來到了庫門前，壽雪轉頭道謝。羽衣恭謹地拱手說道：

「娘娘過譽了，小人也是烏漣娘娘的奴僕，能夠為烏妃娘娘效命，實是無上之喜。」

——身著灰衣，即為烏漣娘娘的奴僕。

壽雪不經意地問道：

「……欒朝時汝便是羽衣？汝究竟多少歲數？」

「小人已記不得自己的生年。」

羽衣推開門，衛青正等在外頭。羽衣朝壽雪深深一鞠躬，恭送壽雪走出庫房。壽雪跟在衛青的身後，目光落在了衛青身上的鐵鼠色❻長袍。

✿

「信在何處？」過了申刻❼，高峻結束政務，搭乘御轎前往星烏廟。不過這次高峻並沒有進入廟內，而是前往位於廟後的殿舍。不管是殿舍還是廟，雖然都清掃得乾淨整潔，但同樣相當老舊。槅扇窗斑駁褪色，木頭地板踏過會發出吱嘎聲響，門板後頭的鉸鏈也都鏽蝕嚴重，開闔時會發出難聽的聲音。

高峻被迎進一間房間裡，冬官薛魚泳下跪行禮。高峻體恤他年紀老邁，讓他坐在椅子上答話。裡頭空空蕩蕩，除了桌椅之外，就只有兩座老舊的櫥櫃。明明已是入春時節，室內卻陰暗而寒冷。

高峻仔細打量坐在面前的魚泳。黝灰色的長袍，配上插了尖尾鴨羽毛的濃鼠色幞頭，那身冬官府的服色與宦官有幾分相似，但冬官並非宦官。事實上冬官與一般的官員也頗有不同，一般的官員都在城外擁有住處，勤務結束後各自返家，而冬官並沒有家，生活起居都在這殿舍之中。凡是要進入冬官府的人，都必須下定決心斬斷一切紅塵俗務，全心全意奉祀烏漣娘娘。

除了奉茶的放下郎之外，整個房間裡裡外外一片安靜，連通過門外的腳步聲都沒有。高

6 灰綠色。

7 下午三點至五點。

峻的隨身侍衛一如往常彷彿不存在一般，不發出半點聲響。

「撰寫《通神志》的冬官據說名叫白煙，朕今天想問問關於這個人的事。」

《通神志》是唯一記錄了烏妃相關事蹟的典籍。

「朕找遍了所有相關紀錄，然而，在前朝的冬官之中，似乎並沒有一個人叫白煙，這是怎麼回事？」

魚泳撩著鬍子，兩眼斜視，對皇帝的問話充耳不聞。衛青要是看見了那無禮的模樣，恐怕會氣得七竅生煙吧。

「微臣實在不明白，陛下為何如此在意烏妃的事？」

高峻目不轉睛地看著魚泳，魚泳承受高峻的視線，臉上絲毫沒有懼色。高峻不禁暗想，這老人絕非等閒之輩。

高峻轉頭望向槅扇窗，看著窗外透入的淡淡日光，呢喃說道：

「……她總是獨來獨往。」

魚泳揚起了霜白的眉毛，說道：「什麼？」

「朕總覺得壽雪似乎是在強迫自己過孤獨的日子，為什麼她要這麼做？」

直到不久之前，夜明宮裡既沒有侍女，也幾乎沒有宮女，就只有一隻鳥陪伴著壽雪。原本高峻以為那是為了隱藏她的前朝皇族後裔身分，但如今高峻越想越覺得事情並沒有那麼單純。在壽雪的行為背後，似乎還隱藏著一個更大的祕密。

但如果這是事實的話……

「壽雪實在是太可憐了。」

魚泳眨了眨深藏在眉毛底下的眼睛，慵懶地說道：

「既然當上了烏妃，也只能認命。」

「看來你知道烏妃的名字是壽雪。」高峻旋即說道。

魚泳一聽到這句話，眉毛揚得比剛剛更高，露出了一對瞪大的眼珠。

「這個嘛……」

「只有朕及少數幾個人知道壽雪這個名字，你是從哪裡聽來的？」

「……」

魚泳揚起的眉毛終於復位，而後沉默了半晌。這時他的態度已不像剛剛那樣滿不在乎，表情甚至顯得有些為難。最後他嘆了一口氣，說道：

「看來我也是老糊塗了，竟然會犯下這種錯誤……烏妃的名字，其實是上一代烏妃告訴微臣的。」

「上一代烏妃？」高峻愣了一下，問道：「你們之間有所往來？」

「稱不上往來……上一代烏妃在傳位給現在的烏妃時，曾經來跟微臣打聲招呼。」

「烏妃特地來跟你打招呼？因為你們都奉祀烏漣娘娘的關係嗎？」

魚泳不再隱瞞，點頭說道：「是的。」

「但是烏妃並不像你們冬官府一樣，光明正大地祭祀烏漣娘娘。何況她還以妃子的身分住在後宮裡，這不是很奇怪嗎？」

「……」

「回到原本的問題，白煙到底是什麼人？」

高峻以一隻手腕抵住桌子，把整個身體湊向魚泳。

「為什麼你會認為自己可以不用回答皇帝的問題？這背後想必也有著隱情。」

「……我們只聽烏妃的命令。」

「什麼？」

「好吧，也罷……微臣就對陛下老實說了。所謂的『白煙』，其實是尖尾鴨的別名。尖尾鴨的羽毛雖是黑色，但是從胸口到眼睛附近卻是白色，看起來像一道白色的煙霧，所以又稱作白煙。」

魚泳一面說，一面拔下幞頭上的羽毛。那是尖尾鴨的尾部羽毛。

「換句話說，白煙是冬官的別稱。歷代的冬官，全部都是白煙。」

「……」

高峻凝視著魚泳，問道：

「這麼說來，如今已無法得知是哪個冬官寫下了《通神志》？」

「《通神志》的作者，是前朝的第一任冬官。」

「如何得知？」

「依據我們冬官內部所傳承的歷史。」

「傳承……」高峻凝視著魚泳手中的羽毛，問道：「你們到底傳承了什麼樣的歷史？」

魚泳將羽毛插回幞頭上，說道：

「不能存在的歷史。」

「不能存在？」

「請陛下屏退左右。接下來的話，微臣只能對陛下說。」

高峻轉頭命令門口的隨身侍衛走出門外。房間裡只剩下魚泳及高峻，魚泳的神態簡直像是年輕了數十歲，有如一名幹練剽悍的將軍。

「我國的正史名為《雙通典》，這點陛下應該曉得。」
「當然。」
「陛下可知為何名為《雙通典》？」
「因為分成了上下兩卷，上卷記載律令，下卷記載歷史。」
魚泳搖頭說道：
「因為有兩部。」
「兩部？」
「就算基於命令而寫下虛假的歷史，還是會想要把真相藏在世上的某個地方，這是史家的天性。因此除了陛下所讀的《雙通典》之外，還有另外一部記載了真相的《雙通典》。」
虛假的歷史？真相？
「……這是什麼意思？如果真的有這麼一部史書，它到底藏在哪裡……」
高峻說到一半，猛然心頭一驚。
「夜明宮？」
「陛下真是聰明。」
高峻不禁以手抵著額頭，他早該想到的。夜明宮——位置與凝光殿相對的殿舍。在歷史隱沒於暗處之時，唯一閃耀著真相之光的宮殿。

「記載真相的史書被藏了起來，真相就此沒入黑暗之中。白煙基於其職責，捏造了烏妃的歷史淵源。當信仰的力量隨著時代消退，這座廟總有一天也會遭到遺忘，而冬官這個職位會遭到廢除，烏妃也會成為過往雲煙。到那個時候，我們才能真正卸下肩膀上的重擔。微臣和烏妃都在靜靜等著那一天的到來……」

高峻將身體向前湊，問道：

「歷史的真相到底是什麼？」

「如果陛下想知道，可以去找烏妃，請她出示另一部的《雙通典》。」

「去找壽雪？但如果她拒絕的話……」

「烏妃應該也已經感受到了命運的巧合。陛下是夏氏，烏妃的名字裡卻帶著寒冬。微臣也不知道，這是烏漣娘娘的安排，還是另一股連烏漣娘娘也無法掌控的緣分……」

「什麼意思？」

高峻還想追問，魚泳卻緊閉雙唇，不再開口說話，擺出一副「剩下的去問烏妃」的態度。高峻於是站了起來，走到門邊的時候，背後卻又傳來魚泳的聲音。

「陛下，關於您夜晚難以入眠的事情，您沒有向烏妃求助？」

「……沒有那個必要。」

「微臣建議陛下，盡早讓烏妃知道此事。」

魚泳說完之後，對高峻行了臣下之禮，但和到來時不同，高峻已不再認為這名老翁是自己的臣子。

✿

——到底該怎麼做，才能將明珠公主送往極樂淨土？

壽雪在夜明宮的殿舍裡，獨自思索著這個問題。几上的茶早已涼了，但九九不敢打擾壽雪思考，因此沒有來換茶。

——冰月的問題，又該怎麼解決？

冰月也是一個不能置之不理的幽鬼。壽雪心裡很清楚，冰月一定會再次出現在自己的面前。雖然目前風平浪靜，但壽雪的心中一直有股不好的預感。原因之一，或許是目前還不知道冰月的目的吧。他的心裡到底在圖謀著什麼……？

想到這裡，壽雪忽察覺有異，猛然抬起了頭。

「彼來矣。」

這傢伙明明政務繁忙，怎麼還可以一天到晚跑來這裡？壽雪心裡如此想著，伸出手指輕輕一勾，門扉登時開了，高峻果然就在門外。

「吾已往凝光殿寶物庫一觀。該幽鬼乃明珠……」

壽雪一句話還沒有說完，高峻已大踏步走到小几邊，倒是衛青遲了片刻才走進門內。平常都是衛青在前面領路，今天卻是高峻在前疾行，衛青緊追在後。

「把《雙通典》拿出來。」

高峻的口氣雖然平淡，卻隱含著幾分暴戾之氣，過去壽雪從未見過他以這種口氣說話。高峻的呼吸相當急促，似乎是一路奔跑到了這裡。

「冬官全都說了。他要朕向妳索討《雙通典》。那個人……」

高峻的表情相當嚴厲而冷峻，與過去淡泊無欲的豁達截然不同。

「那個人……不是朕的臣子，是妳的奴僕。」

壽雪端坐不動，仰望著高峻說道：

「……彼為烏漣娘娘奴僕，非吾奴僕。」

「他親口說過，只聽妳的命令。」

壽雪的腦海驟然浮現了羽衣的臉孔。

當時他也曾經說過，能夠為烏妃效命是無上之喜。算起來這些身穿灰衣之人，都是烏漣娘娘的奴僕。

「冬官還這麼說……妳應該也已經感受到了命運的巧合。我姓夏，妳的名字裡卻帶著寒冬……這是什麼意思？」

壽雪在心裡暗自咒罵起了薛魚泳。

說了那麼多不該說的話，卻把這燙手山芋丟給自己處理。壽雪不禁緊緊咬住了嘴唇。

「妳到底隱瞞了什麼？」

「汝為何如此執迷於探幽索隱？」

壽雪吐出了這句話，猶如吐出了滿腔的怨恚。

果然當初不該與皇帝扯上關係，一扯上關係，就不會有好下場……

高峻凝視著壽雪好一會兒，才開口說道：

「朕不忍心看妳這麼下去。」

高峻的一句話，令壽雪的胸口彷彿為之凍結。

「為了這個祕密，妳被迫只能孤獨生活。但朕相信妳的本性絕對不是喜歡孤獨的人。否則的話，妳也不會與侍女……」

壽雪想也不想地抓起茶杯，將滿杯的茶潑向高峻。

「不忍心？汝不忍心……？」

一旁的衛青大驚失色，急忙要奔上前來，而高峻伸手制止了他。

「如果朕說了什麼不該說的話，朕向妳道歉。但是朕真的於心不忍。這樣的心情，反而惹妳不高興了嗎？」

高峻凝視著壽雪，冰涼的茶水不斷自髮梢滴落。

壽雪瞪了他一眼，放下茶杯，默默轉身進入帳內。壽雪從床底下拉出一只紫檀木的盒子，捧著盒子走回高峻的面前。

「汝若觀此書，必不復言！」

壽雪打開盒蓋，從裡頭取出一捆以細繩編起的竹簡，並將其用力摔在高峻的面前，沒想到一時用力過猛，細繩斷裂，竹簡散亂在几上，發出清脆聲響。

壽雪倒抽了一口涼氣，愣愣地看著那四分五裂的竹簡。當初麗娘曾告誡過，這竹簡年代久遠，拿取時必須小心謹慎。沒想到一時太過激動，竟然完全忘了這件事。

高峻拿起散落的竹簡，嘗試一根根重新排好。壽雪從他的手中奪過，並將桌上的竹簡全都拿到自己的面前。

「……此書內容，吾已倒背如流，天下僅吾能排之。」

壽雪將繩索未斷裂的部分先推到一旁，將零散的竹簡一根根依照順序排好。高峻默默看著壽雪的動作，一時之間，整個房間裡只聽得見竹簡在几上輕觸的聲音。

「吾來此宮逾一年，麗娘便以此書示吾。吾年幼失學，麗娘教吾讀書識字，此書初見之時，吾亦不諳其字句，麗娘為吾口述其文。」

比起這些竹簡上所寫的文字，更令壽雪印象深刻的是麗娘在背誦內文時的聲音。

「……烏漣娘娘離西方幽宮，凡八千一夜，見一島廣生杜松，乃停枝歇羽，擇一草民為夏王，擇一草民為冬王……」

壽雪不看竹簡，隨口便唸了第一段，望著高峻說道：

「欲知下文？」

高峻遲疑了一下，緩緩點頭說道：

「唸下去吧。」

壽雪深吸一口氣，閉上雙眼，說出了竹簡中記載的歷史。

夏王為男王，主掌國政；冬王為巫女王，主掌祭祀。夏王以血脈相傳，冬王依神諭擇幼女立之。冬王能得到烏漣娘娘的神力，並且負責傳達烏漣娘娘的旨意。男王與女王一同治理國家，歷經五百年的和平歲月後，進入了戰亂時代。當時的夏王淞是個血氣方剛的青年，竟然下手殺害了冬女王綏。理由已不可考，有一派說法是淞向綏求愛遭拒，但也有另一派說法是綏與淞的弟弟私通，惹怒了淞。據說綏是個冰肌玉骨的絕色美女，宛如全身上下散發著純真的光輝，淞深深愛著綏，由愛而生恨。

接下來有數百年的時間，由神官長統率的冬王陣營與夏王的軍隊征戰不休。在這段時期之中，夏王傳了許多代，卻一直沒有出現新的冬王，烏漣娘娘一直保持沉默，沒有傳下新的旨意。國家因連年征戰而覆滅，久而久之就連冬王、夏王這些稱呼都遭到遺忘。接下來這個國家歷經了數次的改朝換代，每個王朝都是剛建立不久就滅亡了。就在某個時期，地方上忽然出現了一支極強大的軍隊。這支軍隊以破竹之勢過關斬將，直搗京師。軍隊的領導人是個年紀不到三十歲的年輕人，名叫欒夕。欒夕帶軍勇猛果敢，有如一頭年輕的獅子。由於欒夕擁有一頭罕見的銀髮，因此被稱為銀將軍。欒夕在征戰的過程中，身邊一直帶著一個名叫香薔的十二歲少女。香薔這個名字其實是欒夕所取的。少女原本是個奴隸，並沒有名字。

香薔正是烏漣娘娘所選出的冬王。欒夕在金雞的引導下找到了遭受奴役的香薔，將她救出之後，一直將她帶在身邊。香薔為欒夕施展法術，協助其東征西討。欒夕有了冬王相助，在短短幾年的時間裡就成就了霸業。在欒夕二十八歲那年，他已成為帝王。歷經了將近千年的亂世，國內終於再度出現了夏王及冬王。

欒夕心裡很清楚，戰亂的開端在於國家失去了冬王。夏王與冬王缺一不可，一旦失去冬王，夏王也會自滅。唯有冬王依然是冬王，夏王才能依然是夏王。烏漣娘娘長年保持沉默，正是為了懲罰恣意殺害冬王的夏王。國家荒廢頹喪，正是因為失去了烏漣娘娘的庇護。欒夕暗自警惕自己，想要保持夏王的地位，就絕對不能失去冬王。

但是欒夕並沒有讓香薔擁有冬王的地位。他認為一個國家有兩個王，必定會招來戰禍。欒夕是因為權勢薰心，想要獨占權力，還是真的擔心國家再度陷入戰亂，後人已無從考證。欒夕在後宮建了一座殿舍，將香薔幽禁在裡頭並切斷香薔與神官之間的聯繫，奪走她的實權，稱其為烏妃，使其成為後宮的妃嬪之一。但是欒夕並沒有讓她侍寢，因為他知道夏王對冬王的私情正是國家大亂的肇因。

香薔同意了欒夕的做法，兩人立下了誓約。香薔甘願遭受幽禁，永遠保持沉默，因為香薔打從心底愛著欒夕，欒夕所說出的話，在她的心裡等於一切。香薔於是讓烏漣娘娘進入夜明宮內，成為其守護者。自此之後，在夜明宮裡守護著烏漣娘娘的烏妃，便成為讓夏王維持其地位所不可或缺的人物。

欒夕命人編纂了正史。這是一部完全沒有提及二王的虛偽史書。夏王與冬王從此被埋藏在歷史之中。在冬王的同意之下，白煙捏造了烏妃的來歷。烏妃從此成為奉祀烏漣娘娘的巫覡後裔。

「……書中內容，吾盡言之矣。」

壽雪嘆了口氣，抬起頭來。

高峻目不轉睛地看著壽雪，臉上依然帶著讓人捉摸不透的表情。只能從微微睜大的雙眸及微啟的雙唇，研判他應該有些震驚。

「……妳說的這些歷史，都是真的嗎？」

高峻以平淡的語氣問道。

「信或不信，全在於汝。此外歷史，吾一概不知。」

高峻默默低下了頭。炎帝接受欒氏禪讓，登基為帝，京師及宮城皆直接沿用。當初只是基於現實考量才決定沿襲舊制，沒想到這反而成為炎帝能夠順利稱帝的重要關鍵。因為他沒有廢去烏妃，讓冬王得以繼續存在。

「朕能夠當皇帝，是因為有冬王坐鎮於此地？」高峻開口問道。「妳……」像是不知該如何表達，遲疑半晌後才終於道出心中的困惑：「不，應該說是妳們烏妃，為何甘願被剝奪王位，一輩子待在這個地方？」

壽雪瞪著高峻說道：

「難道吾應以冬王之名自立？倘若徒生戰禍，如之奈何？」

「就算是這樣，妳有什麼義務要保守祕密，在此宮中終老一生？朕相信妳也不想繼續當什麼烏妃……」

「吾若有方策，豈願長居此地？」

壽雪大喊：

「烏妃誰人願為？然此身已受烏漣娘娘選定。烏妃即冬王，由誰任之，全由烏漣娘娘一意而決，金雞僅報知而已。冬王留神於此，實與神一心同體。故冬王亦無法離開此地。若離宮城一步，即為背棄娘娘之舉。」

高峻皺眉問道：「這是什麼意思？」

「烏妃之命，全由烏漣娘娘掌控。吾若背棄娘娘，娘娘必取吾命，吾插翅難飛。」

高峻聽到這句話，雙眉之間的皺紋更深了。

而壽雪仍以哀怨的聲音重複呢喃著「插翅難飛」。

「……無月闇夜，烏漣娘娘嘗化為夜遊神，暗離此宮，四下徘徊。吾應是於那一夜，遭娘娘相中，選為烏妃。」

「那一夜？」

「吾母帶吾潛逃之夜。」

那一天，壽雪在街上漫無目的地亂走，天黑之後，便倚靠著坊門沉沉睡去。這是個沒有月光的夜晚，像這種夜晚在戶外行走是大忌。

一定就是那一夜，壽雪被性情多變的烏漣娘娘看上了……

「吾一生難逃此地。身為烏妃，當保守祕密，不可聚眾造次，故麗娘教吾當離群獨居，不可與人往來，且須以冬王自重，三緘其口，以免災厄加身。亦當無欲無求，求必生禍。此身之難，汝可知之？全因欒氏先祖之故，坐困於此，獨為殺吾一族者之血脈而活。吾戰戰兢兢，屏息以活，一日洩密，便有殺身之禍……」

壽雪緊咬雙唇，聲音顫抖。為什麼自己必須被囚禁在這種地方？為什麼偏偏是在殺害欒氏一族的皇帝的後宮之中？為什麼不能奢望任何事，不能與任何人往來？天底下有誰能回答這些問題？

「汝為夏王，渾然不知，但言不忍心，如他人事！」

壽雪抓起茶杯，砸向牆壁。那薄薄的陶杯登時碎裂，發出裂冰之聲。

壽雪瞪著高峻不住喘氣，肩膀上下起伏。但壽雪告訴自己絕對不能掉淚，絕對不能遭受同情。壽雪不希望被高峻以那膚淺的想法來認定自己的心情，不希望被高峻以一句「不忍心」來總結自己過去的人生，以及未來的處境。

高峻臉色蒼白，雙唇緊閉，似乎一時不知該說什麼才好。

或許是因為聽見了茶杯碎裂聲的關係，九九惴惴不安地從後頭的房間探出頭來。她看見地板上的碎片，慌慌張張地走了出來，蹲在地上撿拾。壽雪對著她的背影說道：

「九九，吾自清理。碎片鋒利，恐傷汝手。」

「但是……」

九九才剛出聲，壽雪霎時大吃一驚。那不是平常九九的嗓音。

那嗓音非常古怪，明明只有一個人說話，卻彷彿有兩個人在同一時間說出了同一句話。

──兩聲。遭幽鬼附身時的特徵之一。

「九……」

「不准動，烏妃。」

九九……不，應該說是依附在九九身上的幽鬼，拿著一片陶杯碎片站了起來。壽雪才剛踏出一步，登時不敢再動。

幽鬼以碎片的鋒利尖端抵住了九九的纖細脖子。

「……冰月！」

壽雪恨恨不已地大喊。九九的嘴唇微微抽搐，似乎是那幽鬼笑了一下。

「沒錯，就是我，妳真聰明。」

那一分為二的聲音以揶揄的語氣說道。

「以依附者性命為脅，如此卑劣行徑雖幽鬼亦不願為。吾所知好為此者，但汝而已。」

「是嗎？從前我在當巫術師的時候，可是遇過不少會這麼做的幽鬼。」

「速速釋放九九！」

「現在發號施令的人是我。」

壽雪只要雙手一動，鋒利的碎片就會刺入九九的頸中。壽雪只能緊咬雙唇，不敢動彈。

「汝有一事求吾？」

「沒錯。」

「汝欲復興欒氏？抑或咒殺皇帝？」

高峻朝壽雪瞥了一眼，壽雪只是目不轉睛地瞪著冰月。

「怎麼可能。」九九……不，應該說是九九身上的冰月，露出了戲謔的笑容。

「我對那些事情沒有興趣。我只是……希望妳幫忙救一個人。」

冰月一改其輕浮的口吻，最後一句話流露出殷切的渴望。他瞇起了眼睛說道：

「烏妃……壽雪啊，請妳聽我說……」

冰月說得懇切，手上也不自覺地加了幾分力道。碎片緊緊抵住了九九的皮膚，壽雪心中惴惴，趕緊說道：

「汝有何願，但說便是，速離九九之身！」

壽雪的口氣增加了幾分焦躁。無論如何不能讓九九受到傷害。九九本來與自己毫無瓜葛，如果不是自己指定她為侍女，她根本不會在這個地方。像她這種心地善良的平凡女孩，絕對不能讓她因為自己而受到傷害……

「壽雪啊，我……」

冰月往前踏了一步，正要說出心願，卻因為身體這麼一動，碎片劃傷了肌膚，滲出些許鮮血。

壽雪看到這一幕，瞬間感覺胸口彷彿有東西炸了開來，全身寒毛直豎。

「速釋九九！」

一股異樣的感覺從指尖開始往上竄，彷彿有一股熱浪自肌膚上拂過。明明身體沒有動，插在髮髻上的步搖卻撞得叮噹作響。那搖晃的力量越來越劇烈，髮簪及步搖竟然都彈射了出去。原本結在頭頂的髮髻登時散落，披掛在背上。

根根髮絲及身上的衣物宛如承受著狂風吹襲，不住上下翻飛。但房裡別說是狂風，就連微風也感受不到。壽雪感覺到胸口的深處同時存在著滾燙的熱流，以及刺骨的寒冰。彷彿有另外一個自己，正伸手指著冰月，張口大喊：

「吾言速離此女！汝敢違逆吾命！」

霎時間，暴風突起，簾帳翻舞，連小几也不住彈跳。那風流不斷捲動，有如一排巨浪，狠狠地撞在冰月……不，應該說是九九的身上。

九九被這股力道一撞，登時兩腳離地，但是下一瞬間，卻又像斷了線的木偶一樣撲倒在地上。壽雪的耳中聽見了慘叫聲。那不是九九的聲音。暴風驟然止歇，原本鋪在小几上的布墊跌落在地板上。

九九昏厥於地，而旁邊站著一名兩眼茫然的青年。那正是冰月。

「好可怕的力量，竟然強行將我逼出體外……」

冰月一句話還沒有說完，壽雪朝他伸出了手。一股熱流匯聚在掌心，空氣搖曳，幻化成了花瓣的形狀。淡紅色的花瓣一枚接著一枚出現，最後組成了一朵閃耀著光輝的牡丹花。

「迷途幽鬼，吾可助汝往赴極樂淨土。」

冰月一臉驚恐地一步步往後退。壽雪感覺胸口有一股盤旋激盪的熱流正在激發而出，再也無法壓抑，灼熱的火焰彷彿要從身體的內側向外炸裂。冰月接下來說了什麼話，壽雪一個字也聽不見。彷彿在另外一個地方，有另外一個自己正在大喊著「住手」。但是身體完全受到那熱流控制，根本停不下來。

壽雪朝冰月踏出了一步。冰月的瞳孔流露出了恐懼。壽雪毫不留情地舉起了手掌，掌心的牡丹花逐漸轉化為淡紅色的火焰。到了這個地步，已經不可能停下來了。自己即將被體內的熱流吞噬，變得再也不是自己了……

就在一切都將被那可怕的熱流吞沒的瞬間……

「壽雪。」

高峻抓住了壽雪的手腕。就在這一刻，壽雪恢復了呼吸。

在聽到自己名字的瞬間，壽雪的眼前終於不再是模糊一片。

高峻的聲音就像是一道漣漪，在撼動了壽雪的胸口之後，鑽入了身體的深處。壽雪感覺自己的四周霍然變得明亮，彷彿一口氣拉開了籠罩著身體的簾帳。

這到底是什麼感覺？壽雪不知所措地猛眨眼睛。

原本排山倒海而來的熱浪，竟然像退潮一樣迅速消退。控制著身體的那股力量消失了。壽雪抬起了頭。高峻的臉孔，在眼前的景色之中異常清晰。

——不知道為什麼，高峻呼喚自己的名字時，那感覺總是如此奇妙。

不僅奇妙，而且有股難以抗拒的魔力。

牡丹花從壽雪的掌心消失了，她長長吁了一口氣，緊繃的身體終於得以放鬆。剛剛身體為何變得如此緊繃，連自己也不明白。

「青。」

高峻放開了壽雪的手腕。壽雪的手一放下，原本驚惶失措的冰月才終於鬆了一口氣。

高峻朝著在一旁看得目瞪口呆的衛青喊了一聲。衛青回過神來，眨了眨眼睛，接著一如往昔察覺主人的意圖，趕緊奔向九九，將九九抱起。

「只是一時失去意識。」衛青說道。

「帶至床上歇息。」

壽雪指著簾帳後方的床臺。衛青點點頭，抱著九九朝床臺走去。壽雪朝他們又瞥了一眼，才將視線移回冰月身上。冰月霎時再度神情緊張。

「……汝有何求，可速道來。」

冰月雖聽壽雪這麼說，但或許是差點被強行送往極樂淨土的恐懼尚未消退，一直繃著臉不敢說話。

「汝方才言道，希望吾相救一人？此人是誰？」

冰月還在遲疑不決。壽雪看著他的臉，略一思索後說道：

「……吾試猜之，此人乃明珠公主？」

冰月臉上驚疑不定。顯然壽雪這一猜，已猜中了他的心思。

「明珠公主是……前朝皇帝的二公主？」

高峻仰頭細想片刻後說道。

壽雪點了點頭，說道：

「冰月，以輩分論，明珠公主乃是汝姑母？」

「……她跟我父親是同父異母，年紀也比我小。」

冰月終於呢喃說道。

「汝生平傳聞，多在此後宮之中。」

——把無禮犯上的宦官變成了後宮池塘裡的魚……找回了公主的遺失物……

壽雪回想著當初高峻所提到的那些事蹟。

「故吾猜想，汝與明珠公主必有深交。且吾聞汝欲做汝師養子，拋棄皇籍，此舉亦令人不解。繼承汝師姓氏，於汝有何助益？我細想此點，方才恍然大悟。汝非欲繼承汝師姓氏，實欲棄欒姓而就他姓也。」

冰月的眼神左右飄移，似乎不知該不該回答這個問題。壽雪轉頭望向高峻，只見高峻也一頭霧水。

「同族不婚、貴賤不婚，此乃世間習俗。汝為皇帝，或許不知。」

同族不能通婚。妓女就算獲恩客贖身，也只能當小妾而不能當正妻。

「古代根本沒有這樣的習俗。」

冰月說道：「根據史書及各種傳記上的記載，在古老的朝代，只要母親不同，哥哥可以娶妹妹，叔父可以娶姪女。進入欒朝之後，這些事情才遭到禁止。」

「換句話說……」高峻輕撫下顎，說道：「你是為了娶同族之人，才想要捨棄欒姓？」

冰月沉默不語。

「你想娶的那個人，就是明珠公主？」

高峻見冰月不肯答話，轉頭望向壽雪。

「前朝皇帝等一眾皇族幽鬼，皆於炎帝寢室前受麗娘驅滅。冰月欲娶之人若在其中，彼獨留於此亦無用矣。可知其欲娶之人尚在後宮之內，故冰月至此求吾相救。」

如此推論下來，冰月想要娶的對象就是明珠公主。

「原來如此……」高峻略一思索，又面無表情地歪著頭說道：「但怎麼會過了這麼多年，才求這件事？」

過去有很長一段時間，冰月一直在歷州，附身在那個招搖撞騙的假巫術師身上。怎麼會到了這個時候，才出現在壽雪面前？

「……我本來也在後宮裡。」

冰月呢喃說道：

「成為幽鬼之後，我先是四處遊蕩。當我有了意識後，發現自己正站在後宮。聽說明珠是在後宮自盡的，所以才開始到處尋找她。」

冰月吁了一口長氣，氣息中彷彿夾帶著一絲透明的悲傷。

「我們原本就快要成婚了。陛下……祖父也已答應，只要我改姓，就讓我娶明珠。我送了定情之物給明珠，她也很開心。沒想到這一切就這麼化為烏有……」

冰月死後化成了幽鬼，在遭到蹂躪的後宮裡尋找著明珠。或者應該說，是尋找著明珠的遺體。地上的鵝卵石染上了鮮血的顏色，隨處可見侍女及宮女的屍骸，不知哪一座殿舍正在燃燒，空氣中瀰漫著刺鼻的濃煙氣味。冰月描述著他在那樣的環境裡四處徘徊。

「到頭來我還是沒找到明珠的遺體。想來應該是已經被人搬走了。但是我發現了幽鬼……明珠的幽鬼，在那柳樹之下。」

冰月低下了頭，雙眸彷彿蒙上了一層陰影。

「明珠就站在那裡，鮮血不斷從她的脖子流出來。聽說她就是死在那柳樹之下。我跟她說話，但她聽不見我的聲音。似乎有一件事情占據了她的全部心靈，因此她什麼也聽不見。我沒辦法將她送往極樂淨土，也沒辦法帶著她一同旅行。我想要求助於當初學巫術的師父，但是炎帝將京師的巫術師或擒拿、或流放，還把與欒家關係較深的巫術師都處死了。我的師父早已逃走，我根本不知道他去了哪裡。我只好離開京師，到處尋找能夠拯救明珠的高明巫術師。」

「為什麼你不找上一代的烏妃幫忙？就像這次一樣……」高峻問道。

冰月瞥了壽雪一眼，說道：

「烏妃驅滅了包含皇帝在內的所有皇族幽鬼。驅滅不同於化度，有人說那是將幽鬼強行送往極樂淨土，還有人說遭驅滅的魂魄會就此消滅。因此我不敢向烏妃求助。我擔心如果隨便靠近她，我的魂魄也會遭到驅滅，就像剛剛那樣。」

因為這個緣故，冰月每次接近壽雪都非常謹慎小心，手上必須握有人質才敢靠近。

「離開了京師之後，我還是常常回來後宮看看明珠的狀況。明珠的幽鬼並沒有對任何人造成危害，只是在某段時間裡能夠藉由柳花的幫助出現身影，我猜想烏妃應該也不會特地將她驅滅……但不管我怎麼呼喚明珠，她就是沒有絲毫反應。」

冰月每次回到明珠的身邊，都期待她能夠聽見自己的聲音，可惜這個心願沒有一次實現。每一次，冰月都為了尋找解救明珠的方法而黯然離開後宮。壽雪想像冰月年復一年地重複這個過程，便感到胸口隱隱作痛。

「有能力的巫術師都有一套不讓人找到的方法，因此我根本找不到任何線索。我第一次附身的對象並非巫術師，而是一名巫女。那個女人有著虔誠的信仰，法術也頗為高明。我滿懷希望附身在她身上，對著明珠的幽鬼呼喚，但還是沒有成功。明珠依然絲毫沒有反應。後來我又試了好幾個人，每一次都是以失敗收場。一年之中，明珠的幽鬼只有在柳樹開花的季節才會現身。我就這麼束手無策地度過了一年又一年的春天。」

冰月閉上雙眼。或許在他的心中，浮現了柳花凋零，柳絮滿天飛舞的景象。對冰月來說，那意味著必須與明珠再分離一年。

「不知度過了多少個春天，我決定還是應該把目標放在尋找當年的師父，畢竟他可是當代首屈一指的巫術師，相信他一定有辦法解救明珠。我想到了一條計策，那就是既然我找不到師父，那就設法讓師父找到我。因此我挑上了一個騙術高明的三流巫術師。果然不出所料，那個人在博取名聲上實在相當有一套，他甚至建立了一個名叫月真教的宗教。但是樹大招風，師父還沒有找到我，月真教已經被官府盯上了。」

冰月露出自虐的微笑。接下來的事情，壽雪與高峻都知道了。

「但也因為這件事的關係，我回到後宮，得知烏妃人選已改朝換代，而且新的烏妃竟然還是欒家後代。我心想如果交涉順利，她或許會願意幫忙……看來我的做法太愚蠢了。」

冰月垂下了頭。每當他一低頭，便讓人聯想到烏雲蔽月的畫面。冰月人如其名，有如月光一般冰冷而美麗。

「……汝若不以宮女為質，亦不致如此大動干戈。」壽雪說道。

「要我毫無防備地走到烏妃面前，我可做不到。上一代的烏妃將我所有親族的幽鬼一網打盡之事，我永遠也忘不了。」

壽雪聽冰月這麼回答，一時不知該說什麼才好。剛剛的騷動，讓壽雪頭上的髮髻散了開來，她撥開垂掛在臉上的頭髮，望向槅扇窗。

「日落矣。」

壽雪如此呢喃，轉身走向門口。走了幾步，又回頭對高峻等人說道：

「汝等皆隨我來。」

冰月露出了猶豫不決的表情。壽雪沒有理會他，自顧自地走出殿舍。此刻的天空有一半是淡紅色，另一半則是淡藍色。夕陽垂掛在椨樹樹梢，彷彿隨時會融化。壽雪快步走向後宮的南方，前往明珠現身之處。一邊走著，壽雪一邊回想當初在凝光殿寶物庫裡看見的那座屏風。冰月與明珠都是屏風上描繪的人物，同樣秀麗俊美，冰月有如玻璃一般冷冽，明珠卻有如美玉一般柔和。

「冰月。」壽雪朝著身後喊道。

高峻與衛青都緊跟在壽雪的後方，冰月則在稍遠處。由於冰月沒有腳步聲也沒有影子，被他跟隨的感覺實在相當奇妙。

「明珠公主有一玻璃篦櫛，汝知之否？」

「白色的玻璃篦櫛？」

「然也。」

「我當然知道，那是我送給她的定情之物。」

「……果不出吾所料。」

冰月曾提到送了定情之物給明珠公主，壽雪已猜到是這麼回事。

「汝可知此物已失卻？」

「失卻？」冰月臉色一變，說道：「被人搶走了？」

「不無可能……但吾另有推論。」

一行人經過了鴛鴦宮，前方出現一片桃林，桃林之前便是柳樹。天色越來越暗，四下景色逐漸轉為深藍，而貌如杏仁的明月開始綻放出皎潔的光輝。壽雪來到柳樹前，停下了腳步。背後傳來了冰月的嘆氣聲。那是一種受盡了煎熬，彷彿一塊巨石壓在胸口的嘆氣聲。

在開著花的柳樹下，明珠現出了其身影。隨著周圍的夜色越來越濃，她的身影反而開始散發出淡淡的朦朧白光。壽雪看著那低頭不語的明珠公主，說道：

「明珠公主為何擇此柳樹下自刃？汝可知原由？」

冰月答道：

「我每次來後宮見她，都是在這裡相會。這裡也是我向她求婚的地點。」

——難怪明珠公主會選擇在這個地方結束生命。

她想要帶著與冰月的回憶離開人世。

「擇此地就死，卻不帶玻璃篦櫛，應無是理。」

那玻璃篦櫛是兩人的定情之物。明珠公主既然選擇在這裡自殺，照理來說應該會將這樣東西帶在身邊。

壽雪指著明珠的頭頂說道：

「然其髮上並無此玻璃篦櫛。」

幽鬼的衣著外貌，並不見得一定是過世時的模樣。冰月就是最好的例子。有時出現的衣著外貌，是對死者來說具有特別意義的形象。明珠的幽鬼頭上沒有玻璃篦櫛，有可能是她斷氣時頭上並沒有此物，也有可能是她心裡認為頭上不該有此物。但這兩種可能都不合理。照理來說，應該是相反才對。正因為那是非常重要的玻璃篦櫛，她應該會希望這樣東西插在自己的頭髮上。

「明珠實不願就死時身上有此玻璃篦櫛，原因無他，唯懼此物遭宵小竊奪。」

「原來如此……」高峻不禁發出了嘆息聲。

「屍首身上之玉珮、小刀，如今皆被收在凝光殿寶物庫內，而明珠不願玻璃篦櫛亦落得此下場。」

遺體身上的珠寶飾品都會遭到囊括收藏，壽雪曾為此向高峻抱怨過。

「冰月遭炎帝下令處死，明珠必不願篦櫛落入炎帝手中。」

「若是這樣的話……」冰月望向明珠：「篦櫛到底哪裡去了？」

壽雪向明珠踏近一步，說道：

「兵臨宮外，明珠必無暇將篦櫛藏於別處。她既擇此地就死……」

壽雪在明珠公主面前蹲了下來，將手掌放在她腳邊的地上。泥土觸手生涼，有些不似尋常。「篦櫛必埋於此地。」

壽雪從懷裡取出人形木片，掘起了公主腳下泥土。由於一時之間找不到合適的挖掘工具，只能將就使用懷裡現有的東西。

「青。」高峻喊了一聲，衛青心不甘情不願地走向壽雪，從懷裡抽出一把匕首，一口氣就挖掉一大塊泥土。

壽雪不禁心想，原來他每天都在身上帶著如此可怕的凶器。

「雖埋入土中，必不甚深。」

兩人挖了一會兒，便挖到了柳樹的樹根。那樹根很細，壽雪伸手摸索便發現，那篦櫛被樹根團團圍繞，彷彿受到了保護一般。篦櫛上頭滿是泥土，但看得出來是一支白色的玻璃篦櫛。壽雪急忙挖出那篦櫛，拍去上頭的泥土。

「用這個吧。」高峻遞出一條手帕。

壽雪將篦櫛上的泥土細心擦去，果然是一支有著波濤與牡丹花圖紋的美麗篦櫛。乳白色的玻璃在月光下看起來光滑透亮，彷彿融合了冰月那皎潔月光般的美，以及明珠那柔和瑩潤的美。

「篦櫛埋於此地，她牽腸掛肚，故不肯離去。」

因為太過關心篦櫛，竟然連情人冰月的聲音也聽不見，這是多麼諷刺的一件事。

壽雪將篦櫛舉到明珠面前，另一手的掌心逐漸凝聚熱氣，幻化出一片片淡紅色的花瓣，拼湊成一朵牡丹花。壽雪輕吹一口氣，花瓣散了開來，變成一縷輕煙，將篦櫛團團包住。接著煙霧流向明珠，明珠似乎看見了，這才終於抬起了頭。淡紅色的煙霧繚繞在明珠的四周，而篦櫛亦在月光下熠熠發亮。明珠那無神的雙眸逐漸凝聚神采，當她看見了篦櫛另一頭的冰月，驀然睜大了眼睛。

「……明珠！」

冰月一邊呼喚，一邊跨步向前。

明珠眨了眨眼睛，宛如一陣微風拂面而過，她臉上的表情開始有了變化。不停眨動的一雙妙目綻放出了前所未有的光彩，粉嫩臉頰的柔和線條反射著月亮的光輝。明珠閃耀著銀光的頭髮被盤到了頭頂上，咽喉的傷痕及血跡消失了，原本被鮮血染紅的衣裳幻化成了繡著金絲銀線的衫襦及印染著波濤紋路的長裙。如今眼前的幽鬼，已變回了生前那位國色天香的華貴公主。

冰月伸手在明珠的頭髮上輕撫，而那玻璃篦櫛不知何時，竟已插回她的頭髮上，冰月將靜靜露出微笑的明珠摟入了懷中，而他的臉上也微微漾起了燦爛的笑容，並在明珠的耳畔細語呢喃著什麼，但壽雪聽不見他們的耳畔私語。

兩人的身影在月光照耀下越來越淡了，帶花的柳枝亦隨風搖擺。不一會兒，這一對戀人就這麼無聲無息地消失了，宛如藏入了柳花垂枝之間。

微風輕輕帶動著柳垂，壽雪默默凝視著那月光下的無數柳花。接下來有好一會兒，完全沒有人開口說話。

「……這支篦櫛，就置入兩人的墓中吧。」

半晌之後，高峻才有如大夢初醒，淡淡地這麼說道。

欒家的墳墓位在宮城角落的禁苑偏僻處。原本欒家的家廟已遭拆除，但炎帝不希望百姓擅自祭拜欒家亡魂，因此故意把欒家的人都葬在禁苑內，而非宮城之外。

「吾亦有此意。」

明珠本來就打算帶著篦櫛離開人世，這應該是最好的做法。

「朕還是別摸的好，妳也是欒氏之後，就先交給妳保管吧。」

說完這句話，高峻便轉身離去。壽雪低頭望向那玻璃篦櫛。月光宛如靄靄露珠，將那玻璃輕輕籠罩在其中。

現在只剩下一件事了。

此時已是深夜，壽雪依然坐在槅扇窗的窗緣上，看著窗外景色。隨著夜色越來越深邃，月光也越發清澈而耀眼。閉上眼睛細細聆聽，會發現夜鶯的聲音近在咫尺。

壽雪放輕了呼吸，仔細感受著黑夜中的氣息，漸漸感覺身體彷彿融入了黑暗之中，能夠感受到的範圍也越來越寬廣。冬王是掌管黑夜之王，一旦獲得了黑夜的力量，就能做到一些白天做不到的事情。

——高峻在……寢殿中……

在黑暗中，壽雪感受到一股氣息。一股圍繞在高峻四周的氣息。

壽雪微微睜開了雙眼。這股氣息，早上前往凝光殿時也曾感受到。

壽雪忍不住低哼了一聲。

「何其愚也。」

——那個男人真是個大笨蛋。

壽雪離開窗邊，走向門口。星星又開始振翅喧噪。

壽雪瞥了牠一眼，微微揚起嘴角。

「星星，汝勿多疑，吾去便回。」

這隻烏漣娘娘的看門雞，要是牠敢胡亂告狀，回頭就將牠烤來吃了。壽雪心裡才剛這麼想，那星星便忽然安靜了下來。

壽雪拉開門扉，快步走下階梯，撩起長裙，以穿著錦鞋的雙腳在鵝卵石路面上快速移動。她離開了漆黑的殿舍，穿過梣樹與杜鵑花林，朝著後宮的東門前進。

東門的正式名稱是鱗蓋門。穿過此門，便是皇帝所居住的內廷。門前點著明亮的篝火，並有衛士嚴密看守。壽雪拔下了頭髮上的牡丹花，輕吹一口氣，花朵霎時散成了碎片，接著她便走向門口，腳下毫不停步，就這麼從衛士之間穿過，完全沒有遭到阻擋。在壽雪通過衛士身旁的期間，衛士們都彷彿遭到了凍結一般。壽雪大剌剌地穿門而過，他們卻似乎完全沒有看見壽雪。

壽雪回想著早上衛青所帶的路線，快步朝著凝光殿前進。凝光殿的簷下掛滿了明亮的燈籠，與漆黑的夜明宮截然不同。

壽雪並沒有從正面入口進入凝光殿，而是繞到了殿後。凝光殿的後方正是寢殿，壽雪穿過御苑，到處尋找寢殿的外門。

——這個氣味……

比白天聞到時更加濃厚了。

壽雪在手上幻化出牡丹花，插回到髮髻上。不一會兒，壽雪找到了入口，輕輕一勾手指，門扉登時敞開，發出了巨大聲響。

壽雪一奔進門內，便看見身穿睡袍的高峻站在房間的中央。

高峻驚訝地轉過頭來，說道：

「妳怎麼會……」

即使是在這種時候，高峻的聲音依然平淡而冷靜。壽雪將視線移向他的前方。在通往走廊的門扉前，站立著兩名幽鬼。分別是一個臉色蒼白、衣服沾滿鮮血的女人，以及一個全身傷痕累累的宦官。他們應該就是高峻的母親謝妃及宦官丁藍吧。

壽雪默默從髮髻上摘下了牡丹花，朝著門前兩名幽鬼高高舉起。高峻趕緊抓住壽雪的手腕，問道：

「等等！妳要做什麼？」

「汝勿多言，片刻即可完事。」

「住手！他們並沒有做任何危害朕的事！」

壽雪瞪了高峻一眼，說道：

「有無危害，豈汝可知？此乃吾之所長！」

壽雪甩開高峻的手，朝著牡丹花輕吹一口氣。花朵先幻化成淡紅色的火焰，接著又幻化成箭矢的形狀。壽雪朝著幽鬼們使勁將手揮下，那箭矢猶如離弦射出，夾帶著勁風，眼看就要射中兩名幽鬼，下一刻卻從兩名幽鬼之間穿過。

就在同一時間，幽鬼們背後的門扉忽然自己開了，箭矢朝著門外疾飛而去。

下一瞬間，不知何處傳來驚人的巨大轟隆聲。不，與其說是轟隆聲，其實更像是人所發出的悲號聲。若要加以形容，那就像是一個人臨死前的哀號，宛如來自地底下，撼動了空氣，震得皮膚隱隱作痛。整個房間天搖地動，宛如正承受著暴風侵襲。

半晌之後，聲音完全消失，一切歸於靜謐。

高峻看著敞開的門扉，整個人傻住了，完全不曉得發生了什麼事。壽雪環視左右，直到確認那濃濃的氣味已完全消失。

「這到底是怎麼回事……」

「汝可知此二幽鬼何以立於門前？」

壽雪看著依然站在門邊的兩名幽鬼說道。

「應該是因為……他們有話想要對朕說？」

「此乃其一，另有其二。彼等實為看守此門。」

「看守此門？為什麼他們要這麼做……？」

「汝真愚鈍之人。」壽雪罵道：「彼等欲護汝平安。」

高峻頓時啞口無言，轉頭望向兩名幽鬼。

「彼等現身於此，至今約過月餘，汝不曾細思，月餘前曾有何事？」

高峻轉頭望向壽雪，說道：

「……朕將皇太后處死了？」

壽雪點點頭，說道：「幽鬼兩人現身於此，應是皇太后死後之事？」

「沒錯，不過並非馬上……」高峻一臉詫異地說道：「這到底是怎麼回事？」

「今朝吾至此處，聞得一氣味。」

「氣味？」

「野獸之氣味。應是一咒術，以野獸行之。」

「咒術……？」

高峻低聲呢喃道：「難道是……」

「或幽禁皇太后之宮，或刑前所居殿舍，汝命人細細查找，必可得施行咒術之物。此等器物多置於床臺之下，或橫樑之上。」

皇太后在臨死之前，對高峻下了最後的詛咒。

「這麼說來，母親和藍……」

「彼兩人立於寢室門邊，實為阻咒力於門外。」

高峻張了口，卻不知該說什麼才好，只是凝視著地板。驀然間，高峻抬頭一看，赫然看見謝妃與丁藍的幽鬼來到了自己的身邊。

原本兩人都是死狀悽慘的模樣，此刻卻變成了生前的外貌。謝妃成了頭上插著髮簪、身形修長的美麗女子，而丁藍則成了眼神慈和穩重的宦官。他們兩人的臉上都帶著微笑，身影就這麼漸漸與黑暗化為一體。不過一眨眼的功夫，兩名幽鬼已消失無蹤，眼前只剩下淡藍色的昏暗空間。

高峻朝他們伸出手，卻什麼也觸摸不到。高峻只能把手放了下來，神情茫然地看著黑暗的角落。

壽雪默默轉身，正要離開，卻被高峻喚住了。

「壽雪！」

——又來了！

壽雪非常討厭被這個男人呼喚名字。因為他的聲音總是會讓自己心跳加快，完全無法保持冷靜。

「妳為什麼要幫助朕？」

壽雪皺眉問道：

「何出此言？」

「妳不是很氣朕嗎？妳不是很恨朕嗎？」

高峻以平淡的口氣問道，竟使壽雪一時不知該如何回答。

「……吾非怨汝，吾怨往昔夏王、冬王。」

自己被關在後宮之中，是那些人的錯。

「況且對汝見死不救，彼二人將死不瞑目。」

謝妃與丁藍雖然已經死了，卻還是放心不下高峻。

「……原來如此。」

高峻低下頭說道：「謝謝妳。」

壽雪聽高峻誠摯道謝，一時不知該說什麼才好。

「無須言謝，於吾無益。」

「朕欠妳一份恩情，該如何償還才好？」

「如何償還……？」

壽雪本來想獅子大開口，但懶得多想，最後只是說道：

「吾無所求，但求汝勿來吾宮。」

高峻凝視著壽雪。

「……何事覷吾？」

「難道朕沒有辦法幫助妳嗎？」

壽雪眨了眨眼睛，不明白高峻怎麼會說出這種話來。高峻那一對真誠的雙眸，更是讓她不知所措。

「……吾不需幫助。」

「但是……」

「此乃懲罰。」

壽雪將視線從高峻身上移開，凝視著黑暗處。

「吾對母見死不救，本應受罰。」

高峻一時沒有應答，兩人在黑暗中各自沉默。

高峻目不轉睛地看著壽雪，半晌後呢喃說道：

「……朕也應該受罰。」

那聲音靜謐而清澈，猶如冬天的晨曦。

「朕沒辦法救母親和丁藍，應該受更重的責罰。」

壽雪聽到這句話，心中一驚，抬起了頭來。高峻的雙眸深處，藏著一抹揮之不去的陰影。那與潛藏在壽雪心中的晦黯，在本質上是相同的。

「與妳一同受罰，似乎也不是一件壞事。」

說完這句話，高峻走向床臺，壽雪則是愣愣地站著不動。直到高峻走進了帳內，壽雪才回過神來，往門口走去。一走到御苑，竟看見衛青就站在門外，壽雪心中又是一驚。

衛青或許是不願打擾高峻的安眠吧，一句話也沒說，輕輕將門闔上，而後他瞥了壽雪一眼，卻只是拱手一揖，便沒再理會她。

壽雪離開了凝光殿，循著原路穿過鱗蓋門，回到後宮。

一踏進夜明宮，星星暴跳如雷，彷彿是在責備壽雪。壽雪並不理會，走進了帳內，坐在床緣，心裡不斷反芻著高峻的話。

「此人……何其愚也。」

壽雪也沒有換下黑衣，就這麼躺了下來。

❀

此刻印入眼簾的，是印染著波濤與鳥紋的紫色衫襦，及織有美麗連珠紋的鵝黃色綾裙。隨即九九又拿起一條薄絲披帛，掛在壽雪的肩膀上，那是一條粉紅色的披帛，色彩有如春天的朝霞。壽雪這一身衣著，都是花娘送的。

「要用哪一支髮簪？」

「唔……」

壽雪想起了那支象牙篦櫛，將它從櫥櫃裡拿出來。九九嗤嗤一笑，正要說話，壽雪趕緊解釋：「彼贈此篦櫛，即為配此衣衫。」

「我可什麼話都還沒說。」九九笑著說道。

「汝欲取笑，吾豈不知？」

壽雪帶著九九拜訪了鴛鴦宮。放眼望去，宮前有著一大片盛開的月月紅。而花娘領著侍女們在階梯前迎接。

花娘看見了壽雪的盛裝，心滿意足地笑著說道：「妳穿這套衣裙正合適。」今天壽雪來到鴛鴦宮，正是為了接受花娘的招待。

花娘依照當時的承諾，為壽雪準備了大量的點心。白蜜糕、浮餾餅、蓮子餡包子……擺上桌的糕點數也數不清。花娘親自倒茶，端到壽雪面前。

「烏妃，妳知道嗎？陛下最近正在修改律令呢。陛下說現在的律令包含了太多不必要的部分，因此必須刪改。為了這件事，陛下最近每天都很忙。」

「吾不知。」壽雪一邊嚼著包子，一邊說道：「此乃帝事，與吾何干？」

「陛下在寫給我的信中要我傳話給妳，說他最近太忙，要過一陣子才能去找妳。」

「予汝之信，何故有吾傳言？」

「陛下說如果寫信給妳，一定會被妳燒掉。」

壽雪心想，這確實很有可能。但就算是這樣，也不必特地要花娘傳話。

「妳有沒有什麼話想告訴陛下？我可代為傳達。」

「無。」

壽雪說得斬釘截鐵，接著略一思索，又說道：

「說與彼，勿傳此無聊言語……罷，吾無話對彼說。」

壽雪搖了搖頭。

「陛下也真是的，既然要傳話，怎麼不寫幾首詩來？唉，他從以前就不擅長詩歌管絃，請烏妃見諒。」

花娘邊說邊笑，彷彿是在為笨拙的弟弟道歉。她的笑容充滿了暖意，有如柔和的薰風。

「這也吃一點吧。我準備了很多呢。」花娘指著白蜜糕說道。

「我有十個弟弟妹妹，最小的妹妹還沒有嫁人，年紀和妳差不多。或許這麼說有些失禮，但我看見妳就好像看見了家裡的小妹一樣，心情不知不覺就變好了。」

「何言失禮？」

「如果妳不嫌棄的話，以後我可以叫妳『阿妹』嗎？」

壽雪一時不知如何回應。

「妳也可以叫我『阿姊』。」

花娘雖然表面上態度謙和，然而一旦決定的事情，總是不讓人說「不」，當初贈送衣服的時候也是這樣。

壽雪有些不知如何是好，只能默默把一口白蜜糕塞進嘴裡。

離開鴛鴦宮的時候，太陽已快下山了。花娘簡直把壽雪當成了妹妹，拿了一大堆服飾給壽雪試穿。當壽雪帶著好幾件花娘贈送的衣物回到夜明宮時，只見門口竟然站了兩個人。雖然此時夕陽已西落，景色有些昏暗，但那身影一看就知道是高峻與衛青。

「原來妳出門去了，難怪這門始終不開。」

「汝自言政務繁忙，今日何得來此？」

「花娘已經跟妳說了？律令的事處理得比預期順利，已經結束了。」

高峻一邊說，一邊盯著壽雪的頭飾。壽雪這才想起，今天自己的頭上插著高峻送的象牙篦櫛。

「此篦櫛……」壽雪本來想把對九九說過的藉口再說一次，但想想主動提起也很怪，只好默不作聲。

壽雪拉起裙襬，登上階梯，自高峻兩人身旁走過。

一靠近門口，門扉自己開了。

進了門之後，高峻命令九九退下，一如往昔大剌剌地坐在椅子上。

「有何事？」

既然命令九九退下，應該是有什麼不能被人聽見的話要說吧。壽雪如此想著，在高峻的對面坐了下來。

高峻「嗯」了一聲，卻有好一會兒都沒有開口說話。

「朕重新整編了律令。」

半晌之後，高峻終於說道。

「花娘亦曾言及，此事與我何干？」

「朕廢除了一些不必要的條文……包含欒氏一族的追殺令。」

壽雪整個人傻住了。

「從紀錄上來看，欒氏一族已經被當朝斬殺得一個也不剩了。所以這條法律已經沒有存在的必要。」

壽雪瞪大了眼睛，仔細聆聽著高峻以平淡的口吻說出的每一個字。

「既然有冬王才有夏王，朕絕對不能失去烏妃。對朕來說，這條法律有害無益。」

壽雪沉默不語，高峻停頓了片刻，才接著說道：

「從現在起，妳再也不會受到迫害，不必再害怕了。」

高峻靜靜地說完，凝視著壽雪。壽雪也同樣注視著高峻，想要從他的眼神中看穿他的意圖。但是高峻的雙眸有如冬雪一般靜謐而深邃，什麼也看不出來。

「這樣妳應該稍微……」

高峻說到一半，眼中忽然閃過一絲迷惘，不再說下去。他從剛剛就非常謹慎小心地選擇每一句話。

壽雪察覺這一點，嘴唇不由得微微顫抖……他如此字句斟酌，全是因為害怕言詞又刺傷了自己。

壽雪低下了頭，緊閉雙唇。

「妳生氣了？」

高峻的聲音顯得有些尷尬。事實上他的嗓音本身幾乎沒有任何改變，但是在那平淡的聲音之中，有時會夾雜著一絲悲傷、一絲激動，或是一絲溫柔。最近壽雪終於比較能夠聽得出其中的差異。

壽雪搖了搖頭。不知道該說什麼才好，不知道該露出什麼樣的表情，只好一直低頭不語。而與此同時，高峻一直想要理解壽雪心中的痛，一直想要伸手攙扶壽雪，成為壽雪的心靈支柱。

高峻並不知道自己到底該不該這麼做。事實上高峻並沒有理解壽雪的必要，也沒有接納壽雪的義務。

壽雪也一樣，並沒有獲得高峻理解的必要，也並不打算從高峻的理解中獲得救贖。

但是……

「這個給妳。」

高峻從懷裡拿出了兩樣東西，放在小几上。

那是兩個魚形的玻璃飾品，一個清澈透明，一個則是帶點微紅的乳白色。兩者都雕得非常細緻，鱗片清晰可辨，線條上鑲著銀泥。

高峻將微紅的魚形飾品拿到壽雪的面前。

「這個是妳的，另外這個是朕的。」

高峻將透明的魚形飾品握在手裡。

「朕希望與妳立下一個誓約。」

「誓約……？」

「就像是一種約定。朕跟妳之間的約定，夏王與冬王之間的約定。」

壽雪看了看高峻，又看了看那微紅的玻璃飾品，輕輕伸出手，拿起了那玻璃飾品。觸手光滑，卻帶了點暖意，或許是因為原本放在高峻懷裡的緣故吧。

壽雪輕輕撫摸上頭的魚鱗，抬頭看著高峻問道：

「作何約定？」

「第一點是朕從前跟妳說過的，朕絕對不會殺妳，絕對。」

「絕對？」

「絕對。」

「……尚有何約定？」

「朕不會和妳對立。」

「吾本無意與汝對立。」

「朕不打算把妳當成烏妃，一輩子囚禁在這個地方。」

「此為吾唯一活路。」

壽雪的嘴角微微上揚。

高峻愕然無語。他低下了頭，半晌後才將頭抬起，直視著壽雪的雙眼，說道：

「當朕與妳獨處時，朕將以冬王之禮對待妳，妳不再是烏妃。」

高峻說完之後霍然起身，走到壽雪的面前，跪了下來。壽雪吃了一驚，退到門邊的衛青更是大驚失色，一時手足無措。

高峻毫不理會驚惶失措的兩人，對著壽雪拱手行禮。

「這不僅是對妳的敬意，更是對過去所有烏妃的敬意。」

當高峻抬起頭來時，眼神彷彿透過了壽雪望向遠方。壽雪雖然感到錯愕，還是承受了高峻的視線，並沒有將頭轉開。

驀然間，當初在這殿舍中衰老而死的麗娘的臉孔，在壽雪的胸中一閃而過。壽雪忍不住輕輕地嘆息。

壽雪看了一眼手中的玻璃飾物，緩緩起身，俯視高峻。

男子的雙眸無論何時，都一樣那麼靜謐、幽深。壽雪朝他伸出手掌而高峻回握住壽雪的手，站了起來。

這個舉動代表著壽雪接納了高峻的誓約。

就算高峻的行為打從一開始就是個錯誤，那也無所謂。壽雪如此想著。在她承受著煎熬的時候，高峻伸出了手，而那雙手確實拯救了自己。

「……此魚形飾物亦為汝親手所做？」

壽雪看著手中的玻璃飾物問道。

高峻的眉毛微微一動，說道：

「不……這種程度的東西，朕還做不出來。這是朕命少府監❽的鰛思院作的。」

高峻的表情帶著一絲懊惱。這是壽雪第一次看見他露出這種宛如少年般的神情。

壽雪正細細打量高峻這難得一見的表情，高峻忽然眼神飄移，有些尷尬地說道：

「如果是木雕的，朕倒是不用幾天就能雕出來。」

「吾不曾言欲得汝親做之物。」

「不管是鳥還是花，朕都能雕給妳。」

「花？汝曾做一花笛，吾豈忘之……」壽雪想起了鴛鴦宮前的那一大片月月紅。「……

薔薇亦可？」

「不管是薔薇、木蓮還是芙蓉，朕都雕給妳。」

「薔薇。」

高峻眨了眨眼睛，說道：「好。」

「木雕薔薇必無枯萎之日。」

壽雪揚起嘴角，但見高峻正在看著自己，便趕緊收斂起笑容。壽雪將頭轉向一邊，坐到椅子上，高峻也重新坐了下來。

「此間已無事，尚不歸耶？」

「還有最後一條誓約，朕忘了說。」

「尚有何事？」

「朕想成為妳的摯友。」

壽雪怔怔地凝視高峻。他的瞳孔還是如此深邃而靜幽，讓人聯想到柔和卻燦爛的冬陽自窗格外透入的景象。

「……摯友？」

「摯友。」

高峻的口氣十分認真。

---

8 宮廷工藝坊。

這些日子以來，他想必一直在為壽雪所傾訴的煎熬苦苦思索著解決之道吧。最後他得到的結論，是廢除欒氏一族的追殺令，以及數條誓約。

壽雪輕輕握住了手裡的玻璃飾物。如此光滑柔順，如此溫暖窩心。

「汝真……愚人也。」

「是嗎？」

「此事豈是誓約？」

「這是朕給自己定下的誓約。」

「如何方為摯友？」

「朕也不知道……」

高峻淡淡地說道：

「或許……一起喝杯茶吧……青！」

高峻轉頭呼喚衛青，衛青靜悄悄地走到高峻身邊。

「青煮茶很有一套，嚐嚐看如何？」

壽雪略一遲疑，點了點頭。

衛青走入廚房，不一會兒，廚房飄出了清新而溫潤的茶香。壽雪攤開手掌，看著掌心的玻璃飾物。

如果放在月光下欣賞，一定很美吧。

泛著露水般清澈光華的玻璃，確實很適合用來搭配名為誓約的祈禱。

（完）

國家圖書館出版品預行編目資料

後宮之烏 1：不宣之祕 / 白川紺子作；李彥樺譯
. -- 初版 . -- 臺北市：三采文化股份有限公司，
2022.09- 冊； 公分 . --（iREAD；156）

ISBN 978-957-658-897-6（平裝）
861.57 111011248

suncolor 三采文化集團

iREAD 156

後宮之烏 1：不宣之祕

作者｜白川紺子　繪者｜香魚子　譯者｜李彥樺
編輯二部 總編輯｜鄭微宣　責任編輯｜藍匀廷　編輯選書｜李煒婷　校對｜黃薇霓
美術主編｜藍秀婷　封面設計｜李蕙雲　內頁排版｜魏子琪
版權協理｜劉契妙　行銷協理｜張育珊　行銷企劃｜呂秝萓

發行人｜張輝明　總編輯長｜曾雅青　發行所｜三采文化股份有限公司
地址｜台北市內湖區瑞光路 513 巷 33 號 8 樓
傳訊｜TEL:8797-1234　FAX:8797-1688　網址｜www.suncolor.com.tw
郵政劃撥｜帳號：14319060　戶名：三采文化股份有限公司
本版發行｜2022 年 9 月 30 日　定價｜NT$380

suncolor

suncolor